学者随笔丛刊

欧 游 心 影

包兆会 著

南京大学出版社

法国杜埃市17世纪古城堡城门

巴黎蒙马特地区的圣心堂

柏林一旅馆建筑

法国北方城市阿哈斯小广场

法国Amier地区一战中法国士兵墓地

威尼斯水港

作者(左一)与法国阿尔多瓦大学学生及金丝燕教授(右一)合影

家人在威尼斯广场与鸽子和谐相处

作者在巴黎

目　录

序

近代以来，随着国门的开启，中西文化交流日益频繁，因求知求学而出国进行考察游历者渐多，有近代的留学教育先行者容闳、文化交流者王韬、思想启蒙者梁启超、作家朱自清、神学教育工作者谢扶雅……他们各自留下了多样且精彩的旅外游记。这当中，有些奔赴美洲大陆，在美、加这块土地上或如饥似渴学习知识，如容闳的《西学东渐记》(1909)、谢扶雅的《游美心痕》(1929)都详细记载了作者各自在美国名校学习现代知识的各种情况；他们或感受北美的政治、经济、文化的先进，如梁启超的《新大陆游记》(1904)，描写了美国的社会政治状况，并旁及经济、文化，梁氏对当时的美国流露出无限崇敬。有些则去了英伦、法兰西，环游欧洲各地，比较中欧在文化、制度、法律和技术层面上的差异，欲求变革中国，以图自强，如王韬的《漫游随录》(1883)、梁启超的《欧游心影录》(1922)都有这方面的记载；也有主要描绘当地风土人情的，如朱自清的《欧游杂记》(1934)。他们的游记起到了启迪心智、认识异域、了解世界、寻"维新中国"之路的目的。

我于 2009 年 8 月—2010 年 6 月在法国阿尔多瓦大学任教一学年。在法期间，也多次外出旅游，或与法国友人结伴，或与家人相携同行，在德、意、荷、比，尤其是法等国遨游，深深被欧洲的自然人文景观、深厚的文化积淀以及欧洲人生活所散发出来的热力与活力所吸引，于是，断断续续记录下当时的所感所想，集腋成裘，有了这本人文思想随笔集《欧游心影》。本随笔集分六部分，即旅游篇、生活篇、教育篇、艺术篇、思想篇和宗教篇，每篇由系列小文章构成，并辅以精美图片。虽然每篇的主题是确定的，但每篇下面的系列小文章角度是不同的，都是对同一主题的变奏。愿这样的主题变奏能从中窥出欧洲在文化上的深厚古老,在生活上的丰富多彩,在艺术宗教上的独领风骚……

本书附录收有对四位当代画家的访谈录,这也算是对本书写作精神的一种回应。这些画家都是在西方文化启迪和影响下对中国绘画进行了新的创造。

古代的游记,崇尚山水的诗情与寓志于游的世情,今天的游记也同样侧重于"悦目"与"会心",只不过对本小书来说,则多了一层对社会的人文关怀和对现实的批判与反思。愿这样的批判和反思可以起到"恢复"我们阅读当下生活和社会的能力,藉此扩张我们的精神境界。

人生需要梦想,也需要远景。此书就是在这样的梦想和远景推动下的一个小小结晶。浙江沈治国、李秀丽伉俪资助了本书的出版,在此特表衷心感谢。本书的一些篇什,如《信仰、智性与苦难》(一、二)(载《基督教文化学刊》第 13 期)、《中国人在法国的忙碌》(曾名为《中国"劳模"在法国》,载于《世界博览》2013 年第 22 期,后转载于《读者》2014 年第 3 期)已先期发表,附录四篇访谈也分别载于《文学与图像》一至三卷,特向刊载这些小文的刊物编辑和出版者表示感谢。

包兆会于素心斋

2015 年 6 月

旅游篇

威尼斯的颜色

　　威尼斯是世界上最漂亮的城市之一。 它没有罗马城市的恢弘和大气，作为水上城市，它有水的温润和多姿，它的存在不是哲学的，是文艺的。 它的生活保持着一种细腻、开阔和清秀。 在文艺复兴时期，威尼斯画家在欧洲非常有名，提香就是其中的代表人物。 提香画作中的细腻、饱满和清秀与威尼斯的城市风格联系在一起。

威尼斯水巷

　　我最爱在夕阳西下的时候，坐着船在威尼斯的大街和小巷中穿来穿去，当太阳的余辉把海面染成橘红的颜色，与水巷两边斑斓的大理石、蓝色和白色或黄色的百叶窗相映成趣的时候，此时，你觉得在你身后缓缓退去的房子剩下的是一片片在跳跃的百叶窗，这窗子在海面上犹如反射着各种色彩的波光鳞片，而汽船急速行驶过后留下的翻腾泡沫犹如大鱼经过后留下的痕迹，这些泡沫在夕阳下犹如一条欢腾的白色的飘带，那边飘带消失了，这边飘带出现了，此起彼伏，一次次在水中划出曲折的弧线。

若从绘画去理解，威尼斯是具有印象派色彩的城市。 梦幻般的水与城融为一体，曲折有致的街道，桥上人与桥下水的相互辉映，圆形的教堂、方形的广场、尖尖的钟楼、五颜六色的房子错落有致紧挨在一起，并在水的倒影中彼此欣赏和相互眷恋。

远眺著名的圣马可教堂

你若在威尼斯有自己的房子，你可以随意在其上涂上你喜欢的颜色。 当你在威尼斯街上行走时，你的摄影机镜头会发现，原来墙的色彩运用可以如此大胆，在这里你可以找到在世界其他地方建筑外墙上很少运用的色彩，每栋房子的主人都是艺术家，可以尽情地在自己房子的颜色上大胆展示自己的才情和梦想，在夕阳的烘托和海水的倒映下，威尼斯城市的颜色犹如一幅水彩画，淡淡的，多样而别致，甚至充满幻想情调，很少有城市像威尼斯这幅图画有这么多的蓝色调。

威尼斯没有汽车，只有船，当你坐的小船在水巷中驶向城市的某一角落时，此时黑色的船体颜色和狭长的船体形状犹如一只黑色的牧笛在水上吹奏，轻快灵活的音符帮你驶入城市梦的深处，并带着这个城市的轻快和暖意。

荷兰看花

    2010 年 4 月 25 日我跟王太太去了荷兰，去看荷兰郁金香。 荷兰是 花 的 国 家， 以 郁 金 香 著 名。 我 这 次 去 的 库 肯 霍 夫（Keukenhof）公园是一个以花为主题的公园，它是世界上最大的郁金香公园，位于距阿姆斯特丹市区十几公里外的郊区。

    公园里的花主要三种，一是水仙花，一是郁金香，还有一个叫 JUSATI。 没想到去 Keukenhof 公园里看花的人真多，听说当天约有 10 万人，有来自荷兰本地、比利时、德国、法国、波兰、英国一

库肯霍夫公园里的游客

些邻近国家的。 公园里这三种花竞芳争艳，光郁金香红的色系就有大红、紫红、粉红、淡红、橘红、玫瑰红、白里透红、红白相间等。上天把这个世界创造得很美，一到春天季节，一夜之间，大地被唤醒，万物在复苏，五彩缤纷的颜色也来到了花的枝条。 这是上天给人类的恩典。 花的种子的发芽，花朵的千娇百媚、千姿百态，花色的芬芳多艳、姹紫嫣红，正显示了上苍疼爱人类的根据。

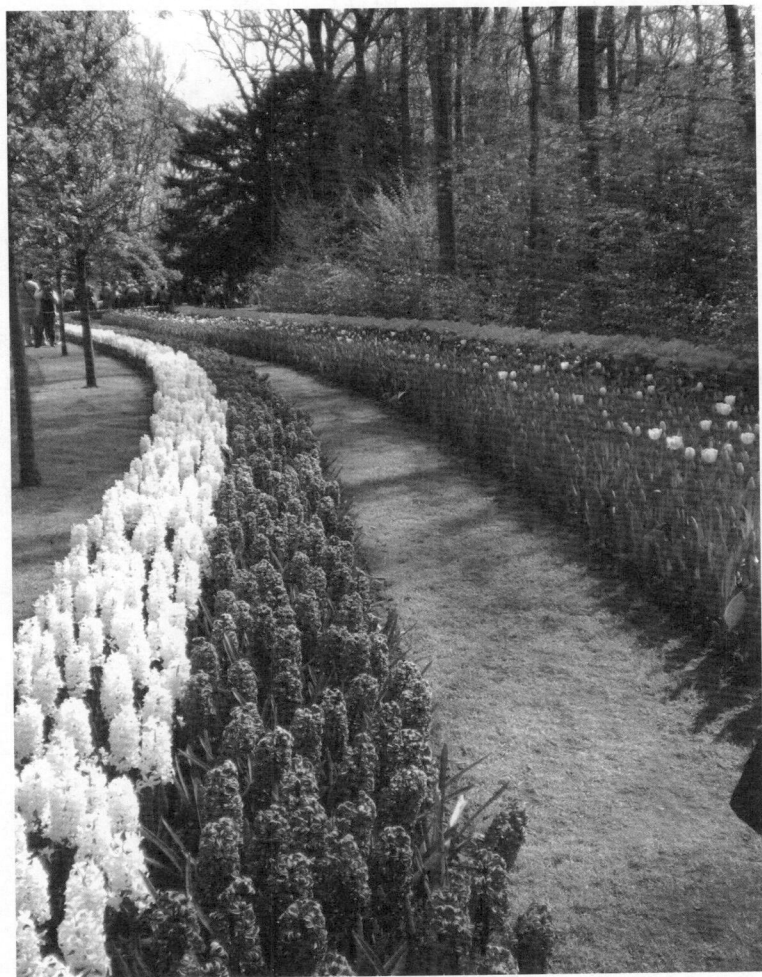

库肯霍夫公园里各种颜色的郁金香

上天为我们创造的自然是一种恩典。祂白白地赐给我们，让我们在这百花齐放、风和日丽的春天里，尽情地享用。在这明媚的春天里，大自然也在教导我们活着不要太功利！去悠然地享受身边所拥有的一切，去感受春天里万物的生机勃勃，就像在欣赏花的芬芳和美丽时，不能老惦记着花色的用处，品花能否解决我们生存中的烦恼和问题，有无必要花钱从法国跑到荷兰赏花。

实际上，这世界上很多事物的存在都不是用金钱和得失来衡量的，也不需要用金钱和交换来获得。就如上苍，是祂创造了这个世界，也是祂如此慷慨地赐给春天别样的活力，祂"厚德载物"，"有好生之德"，但祂不需我们用条件去交换，也不需我们用什么利益去回报祂所赐给我们的一切——比如在享受阳光时交"阳光费"，在呼吸新鲜空气时，收"新鲜空气费"，在沉醉夕阳美时，收取"落日风景费"。

现在，我和王太太，还有公园里来自不同国家、不同社会阶层，有着不同年龄，带着不同人生问题的人，只需在这花的海洋里去尽情地陶醉，恣意地享受眼前这美好的世界，在享受中爱惜这个地球，关顾周围的人，并用爱、和平、创造力去共建这个与每个人都息息相关的人类家园。

柏林之行的感想

2009 年 12 月 27 日至 31 日，我随法国旅行团去了一趟德国柏林。 德国柏林雄伟庄严的建筑，精致可口的饮食，当地市民良好的秩序、质朴稳重的精神风貌，都给我留下了深刻的印象。 这个城市有很多古迹，而尤以博物馆多闻名。 博物馆共有 165 个，另外有 146 个图书馆和 60 个剧场。

法国旅行团在喝德国啤酒

这次柏林之行有几个愿望没能实现。 一是想了解德国这个国家为什么会产生这么多的思想家。 上个世纪以来，世界上有一半的思

柏林市的动物代表柏林熊欢迎你的到来

想家都是德国生产的。 德国出思想，早已被世人所知。 但由于我这
次跟旅行团走，所以没法跟德国一些文化界和学术界认识交流，也
没有机会参加他们的活动。 唯一的一次机会，旅行团要去柏林一个
小有名气的音乐厅聆听德国演奏家演奏古典音乐，宣传单上演奏家
们身穿 17、18 世纪的服装——那是叔本华、尼采、瓦格纳的时代，
也是德国历史上弗兰德里希二世统治时期经济文化繁荣的时代，柏
林大学就在那一时期创建，演奏曲目有莫扎特、亨德尔、贝多芬、勃
拉姆斯等大家创作的古典音乐，惜门票太贵，要 45 欧元（相当于当
时人民币 450 元），最终挣扎了半天，放弃。

德国有我喜爱的两个神学家。 一位是马丁·路德，可惜没有机会进一步了解他。 另一位是生活在纳粹时代的潘霍华。 他父亲是著名医生，是柏林大学的教师，母亲是宫廷牧师的女儿，对信仰很虔敬。 潘霍华曾就读于柏林大学，我想去他的母校看看，但最终也没有成行，只匆匆拍了德国一所音乐大学和柏林洪堡（Humbordt）大学的照片。

柏林洪堡大学校门

　　在德国比较有收获的是，我与一法国人脱离旅行团独自去了德国国家博物馆，旅行团则去了柏林附近的波茨坦市。 估计大家都知道二战结束之际，战胜国曾发表过《波茨坦公告》，当时斯大林、罗斯福、丘吉尔都在波茨坦市一起商量如何治理二战后的德国。 我去的德国国家博物馆正好有专题展览，是达达主义、抽象表现主义、立体主义的一次展览，汇集了毕加索、达利、米罗、埃德诺·德加等一大批现代派名画家的作品。 这是一次充满智性和想象力的"读画"旅程，我虽有时看不懂画中的具体含义是什么，但为这些画家在他

柏林犹太人大屠杀纪念碑

们绘画世界中所展现出来的对常识和传统仪规的挑战，以及敢于打破人类旧有界限，拓展和更新我们视看经验，表示深深尊敬。 创造就是不墨守成规，向未知的、不确定性开放，需勇气和冒险精神，敢于逆时代之流而上，要有被社会边缘化的思想准备和承受孤单的能力。 再次向他们致敬！ 可惜，这些作品不能拍照。 非常的遗憾。

犹太人大屠杀的纪念碑也深深地震撼了我。 设计很奇特，用一块块高矮不一的方形石碑累积成一座不刻写任何字的碑林。

当你走进这座没有任何文字的碑林时，你会感到压抑、虚空，因为你的视线被近在咫尺的石碑遮挡，四周寂静无声，你蓬勃的、需要外化的生命在这里被堵塞，心里感觉很难受。 此时你或许能稍微体会到，在二战时期，众多犹太人，在纳粹集中营里他们向往自由、充满活力的生命是如何被压抑的，在用人性的残忍和冷酷堆砌而成的围墙中，他们的生命尊严是如何一点点被剥夺的；在精神无处突围、肉体遭受摧残、生存空间日益逼仄中，他们是如何一点点失去对未来期盼的。

柏林墙的倒塌

柏林墙的倒塌让全世界震惊。

柏林墙在 1961 年 8 月 13 日开始兴建，一开始只是铁丝网，后来被置换成真正的围墙，目的是为了禁止东德人逃入西柏林。 1962 年 8 月 17 日，18 岁的东德人彼得·费查试图攀越围墙，被东德士兵开枪射杀。

东柏林火车站附近保留的一段原东德建造的柏林墙，墙上是艺术家的涂鸦作品

在该墙建成后，有人采用跳楼、挖地道、游泳等方式翻越之，其中共有 5 043 名东德人成功地逃入西柏林，3 221 人被逮捕，200 多人死亡，260 人受伤。

画面的右上方是前民主德国总书记昂纳克与前苏联领导人勃列日涅夫在接吻，前方是东德市民和士兵越过边界，画作名为《同志之吻》。

　　1987 年 6 月 12 日，美国总统里根在勃兰登堡门发表著名的"推倒这堵墙"演说。 1989 年秋天，共产主义集团开始出现裂缝。 在 1989 年数个月里，备受困扰的东德共产主义统治者试图镇压日益壮大的反对运动，阻止人们逃离国家的浪潮，却徒劳无功。 1989 年 10 月，在民主德国 40 周年国庆期间，有人公开提出要拆除柏林墙。 1989 年 11 月 9 日，新东德政府开始计划放松对东德人民的旅游限制。 1989 年 11 月 9 日晚，一名东德官员无意中说，通往西德的路口将"即刻"开放。 几个小时内，成千上万的东柏林人开始在柏林墙附近的检查站排起长队。 一开始，边境士兵试图检查护照，但他们很快意识到这是徒劳的，人群蜂拥而过，他们中的许多人奔跑着。 一群群西柏林人在柏林墙的另一边等候着，他们拥抱着陌生人，喝着香槟酒。 当时的柏林人爬上柏林墙，开始在上面涂鸦，拆下建材当成纪念品，并呼吁当时的苏联领导人戈尔巴乔夫拆掉柏林墙。

墙上的涂鸦艺术记录了柏林墙存在的历史（1961—1989）

但极少有人想到，柏林墙不久就要消失。7个月后，民主德国政府正式决定拆除柏林墙，11个月后，即1990年10月，两德终于统一。

但柏林墙似乎不那么容易被人们忘记，统一后的德国当局，在东柏林火车站附近留下一段1 350米长的柏林墙——现已成为世界最长的露天画廊，来自世界各地的画家可以随心所欲地在上面作画，在波茨坦广场也留下一段长200米的柏林墙，并用铁丝网保护起来；另外，在柏林市中心的波尔玛大街旁边也留下一段。

今天世界上还有许多"柏林墙"，无论是实体的，还是人内心的。实体的如当今有些国家人民多年来就被装在密不透风的"钢桶里"。他们中的一些人想越境离去，但统治者制定了严酷的"法律"，"脱逃者"一旦被抓住，将面临酷刑和株连九族的风险，但即使这样，上至高层领导，下至平民百姓，仍大批逃到国外。内心的"柏林墙"就是指我们的内心被某种看不见的"墙"围堵，通过禁忌、奴役、辖制、暴力、欺骗等方式把我们的思想和精神圈在某一范围内，不能越界，让我们人格不能独立，成为精神上的囚犯。

无论是内心的，还是实体的，"柏林墙"终要倒塌，因为人类本性所向往的就是自由！ 在电影《勇敢的心》中，主人公在临死之前高喊"自由"，匈牙利诗人裴多菲说："生命诚可贵，爱情价更高，若为自由故，两者皆可抛！"德国总理默克尔在纪念柏林墙倒塌 20 周年做演讲时，再一次强调自由的可贵，"柏林的自由之钟，正如费城的自由钟，是提醒我们自由不是从天上掉下来的标志，自由必须通过奋斗而来，并在我们的生命中日日维护。"

人要求有自由和尊严地活着，是不分地域、民族和阶层的，也是不分历史朝代的，这是人性所共同向往的，也是发自人内心的呼求和愿望。 因此，这座在历史上存在了 28 年的柏林墙，最终倒塌，乃在情理之中。

巴黎旅游的感想

2009 年一个深秋的星期天，我去巴黎游玩。 习惯了江南小桥流水，习惯了一座座孤寂耸立、形状或平或扁，外观上没有什么特色的中国高楼的我，在一群集雕塑与建筑为一体、造型别致、气势雄伟的庞大建筑群面前，被"镇住"了，它就是巴黎市政府大楼。

巴黎市政府大楼

记得当时我一边看一边小跑到旁边的电话亭，插上国际长途电话卡，给远在中国的亲人打电话，电话中很激动地向他们叙述我所看到的。 古人观赏风景，讲究"悦目"、"会心"，而我在巴黎与市政大楼的相遇不是"悦目"和"会心",而是因形式巨大视觉失衡而最终导致的"震惊"。 我想,我面对宏大建筑群的无所适从,不仅仅是因为视觉的原因——对方过于庞大,视觉无法统摄到或找到一个看的立足点,更在于对方历史和文化的厚重,建筑群上众多的雕像实际上都是法国历史上著名的社会文化名人,正是他们的存在赋予了这座建筑更多的历史和文化的内涵。

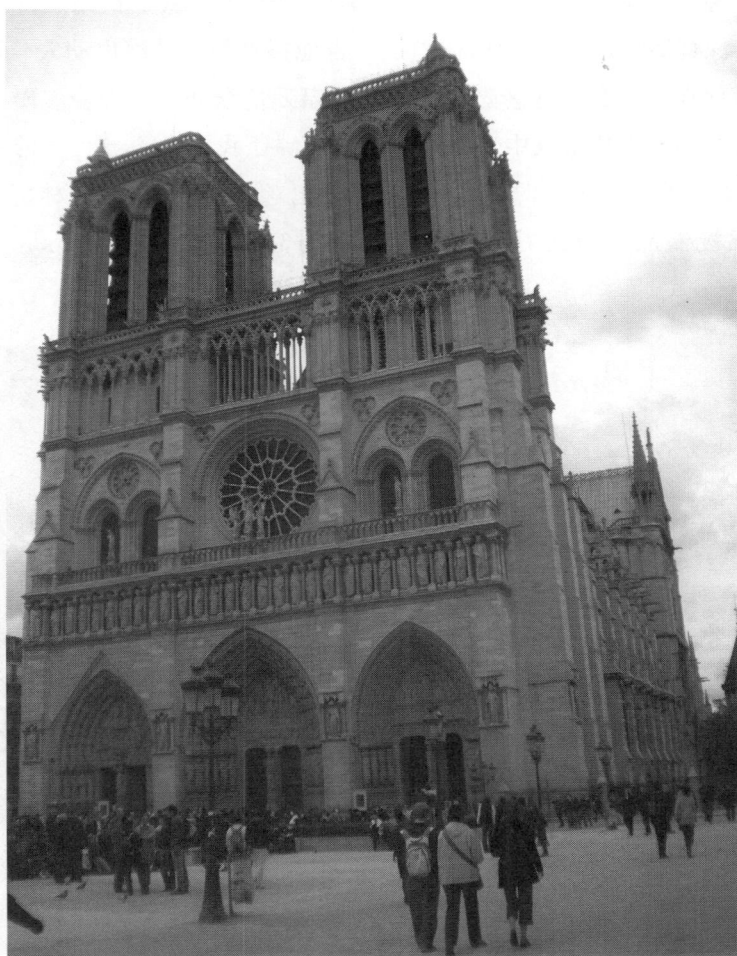

巴黎圣母院

后来又来到巴黎圣母院。 巴黎圣母院也让我感动，感动于它造得如此辉煌、有序，由此感慨万物都有秩序，思想有秩序，艺术也有秩序，美就在秩序中，巴黎圣母院的美不就是它造得有秩序么！ 在参观巴黎圣母院内部时，第一次感到灵魂也有秩序，否则上帝为什么是三位一体呢！？

后来参观累了，就坐在巴黎圣母院旁边的一个公园里，已是初秋，将近傍晚，落叶萧瑟，寂静中聆听一个法国歌手在路边弹着吉他，深婉地唱着自己创作的歌曲。 吉他很抒情，歌声也动人，我不知道他在唱什么，但感觉得出他是在唱爱情歌曲，那带着浪漫而多情的法语发音从空气中传播开来后，仿佛让我置身于一个爱的花园中，感觉此时此刻，时光任苒，自己年纪老迈，一个人坐在林荫小道边正慢慢品尝着过往爱的回忆，此时忘了是在法国，还是在中国……

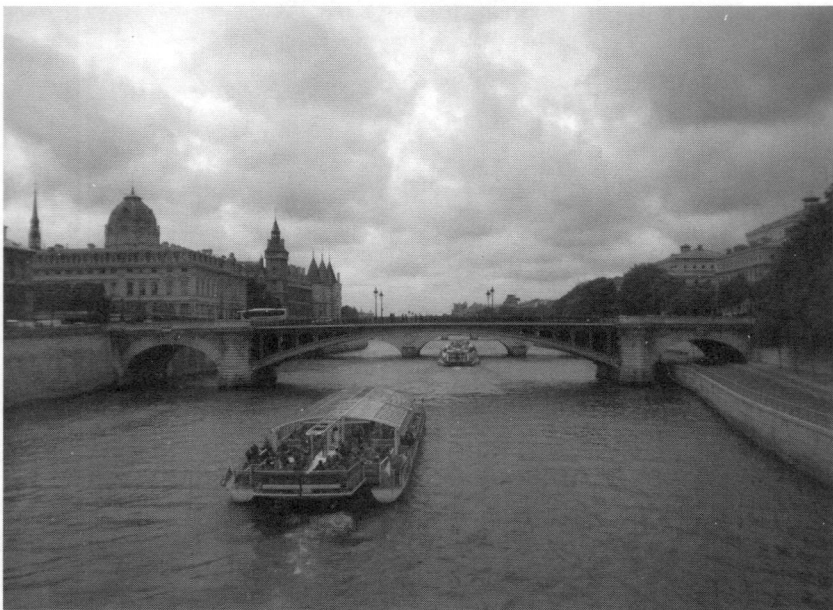

巴黎的塞纳河

　　那一天，我还去了塞纳河。　塞纳河及两边雄伟的建筑也深深吸引了我。　人类的伟大总是与自然风景相得益彰：宽阔的塞纳河在河两边大桥的桥墩作用下显得静谧，河水周围或方或圆或尖的建筑让河岸两边变得厚重和富有生机，并与树木遥相呼应，而水上行驶的游览船则给宁静的水面增添了几分热闹和灵动。

法国杜埃记

　　2010 年 3 月 27 日，下午两点我和王太太从阿哈斯驱车去杜埃，车程大概 25 分钟，若坐火车 20 分钟即可。 杜埃在阿哈斯和里尔之间，城市比阿哈斯稍大，那里有很多名胜古迹。 从阿哈斯到杜埃要经过五个村庄，每个村庄都是红砖黑瓦，装饰性很强，在阳光下很庄重也很素朴。 驱车经过时不时地看见教堂，路边则是绿油油的低矮平原，随季节种着土豆、玉米等，还有一株株树冠球状的乔木矗立在路的两旁。

杜埃市博物馆

在杜埃城市的入口处，有一个大概 17 世纪遗留下来的古城堡的城门（见彩页），这个城门是个吊桥，我特地去凭吊了一下。 西方人对建筑总是那么小心翼翼地保护着，这是一种文化的记忆，也是让过去的文化以有形的方式参与今天的生活，也是给自己的子孙储蓄未来的精神财富。 建筑是我们诗意地栖居在大地上空间化的一种表达。 中国对古代建筑的肆意毁坏（包括现在的拆迁），而西方对建筑的完好保存，值得我们深思。

王太太今年 88 岁，对我一直照顾有加。 她虽是一位中学德语老师，已退休多年，但她非常好学。 她的先生是中国人，在上个世纪 30 年代从中国到法国留学，双方认识，并结了婚。 他们没有孩子。 她先生比她大十几岁，在 1987 年左右就去世了。 她先生兄弟姐妹中唯一还活着的姐姐现住在北京。 先生去世后，王太太就这样一个人寡居了 20 多年。

我很喜欢杜埃这个城市，城市不大，但非常紧凑。 我也非常喜欢这个城市的建筑，这边是 18 世纪的，那边是 19 世纪的，新的则是 20 世纪的。 一个城市的文化底蕴就沉淀在这个城市的博物馆、戏院、建筑、大学中。 可惜，我们在其他地方玩得太晚，去博物馆时，已经是下午 5 点半了，6 点钟就要下班，来不及看，只好等待下次。 比较有收获的是，王太太带我参观了 18 世纪的一个城堡，这个城堡现在是市政府的接待处。

由于这个城堡是古代王公贵族居住的地方，法国国王从巴黎来视察北方的时候常在这里被接待和召开会议。 城堡充满古典艺术气息，其主建筑是一个塔楼，高 57 米，最顶端是一个钟楼，我上去浏览了一下，就像电影《巴黎圣母院》中的钟楼一样，上面布满大大小小的铜钟，有口径达至几米的，也有仅几十公分的。 接待的女导游还给我们演奏了一番。 过去，在中国，通过哲学、信仰、音乐、科学等，我粗略了解了西方文化的博大，如今因着近距离的接触，我慢慢对西方文化中精细的一面也有了更深入的了解。

杜埃 18 世纪的城堡,现为政府接待处

　　街上的行人不紧不慢，大家都很平和，这个城市的情绪和节奏我也喜欢。

巴黎的先贤祠

　　先贤祠在巴黎闻名遐迩。 它的正面建筑雄伟壮观，中央是一个带一层圆柱廊的高达 83 米的哥特式穹顶，穹顶最上方是一个直立式的十字架。 正门有希腊式三四排巨大圆柱的通廊，廊柱上巨大的三角楣中有精美的"祖国女神颁奖"浮雕，下面镌刻着"伟人，祖国感谢你们"的法文。 从侧面看，建筑同样气势恢宏，哥特式建筑的穹顶和希腊式十字形的建筑平面融合在一起。

先贤祠的正门

先贤祠，其法文名 Pantheon 源于希腊语，最初的含义是"所有的神"。 这类建筑，通常以供奉诸神而著称。 但在这里埋葬的不是哪路神仙，而是法国的民族英雄，这些英雄涉及各个领域，他们在不同领域对法国的社会做出了巨大的贡献，埋葬在这里的现共有72人，有科学家、艺术家、思想家和政治家，其中政治家只有11位，更多的是作家和艺术家。 我所知道的，如左拉、雨果、伏尔泰、卢梭、居里夫人等都埋葬于此。

维克多·雨果（1802—1883）的棺椁

先贤祠已被称为法兰西思想和精神的圣地，因此栖身于先贤祠不是件容易的事，它的条件非常苛刻。 许多享誉世界的伟人，如巴尔扎克、莫泊桑、笛卡尔，至今仍不得其门而入。 因为是否能安葬于此，须由法国总统提名，经法国国民议会讨论，并由总统最终签署命令。 2002 年大仲马成为安葬于此的第 72 人，在安葬大仲马过程中，法国总统亲自扶柩，并致辞说："他们用笔谱写了法兰西的历史，并为它打上了印记，他们以激情和天才，捍卫了自由、平等、博爱，捍卫了共和国，他们是文化的火枪手。"法国国家电视台对此做了全程的现场直播。

伟人的遗体安放在先贤祠的底层。 伏尔泰（1694—1778）和卢梭墓葬摆在显要位置，各自拥有一个墓室。 伏尔泰的棺木上写着："诗人，历史学家，哲学家。 他拓展了人类的精神，他使人类懂得，精神应该是自由的。"伏尔泰号称"法兰西思想之父"， 他一生为思想和言论自由而战。 他因抨击当时法国的专制政体，不断地被流放，一生靠写作过一种独立的生活。 他很有名的一句话在中国广为

先贤祠中的伏尔泰雕像

流传："我并不同意你的观点，但是我誓死捍卫你说话的权利。"一个世纪后的雨果（1802—1885）这样评价他："伏尔泰的名字所代表的不是一个人，而是整整一个时代。"

卢梭（1712—1778）的棺木上写着："自然与真理之人"。 他提倡，人要回归自然，去过一种遵循内心的生活，他反对社会不平等，呼吁政府的职责是要对每一个人的权利、自由和平等负责。

先贤祠中对卢梭的介绍

如今，安葬在这里的伟人既代表了法国思想和精神的发展脉络，也是法国历史发展的缩影。 这是一部"活"的历史，也是尊重思想家和艺术家的历史。 在中国文化中，活的传统在哪里呢？ 我们也有不朽，所谓"立功"、"立德"、"立言"三不朽。 在这三不朽中立功、立德成了我们文化的首选，也成了当下社会生存的写照。 我们可以看到家族祠堂、贞节牌坊等有形的建筑，也可以在族谱中查阅本族多少人晋升官职和建立军功的文字记录，就是很少能看到本族出现多少文化名人的有形或无形的记录。 清华大学 2011 年百年校庆时宣传的重心是该校出了多少个中央政治局常委和多少位校友是已上市公司的亿万富翁，我们看不到百年清华诞生了多少位思想者和艺术家。 如今，中国没有一个地方如先贤祠那样让我们来瞻仰中国活的思想和艺术的传统，那久远的回响，如庄子、陶渊明、嵇康、李贽、徐渭、汤显祖，那近旁的呼唤如曹雪芹、鲁迅，那当代的见证如林昭、张志新、高尔泰等人，他们不常在我们的文化记忆中，甚至被我们所遗忘和忽略，我们只有八宝山的公墓和历史的博物馆，在诉说着"革命的历史"和"历史的革命"。

欧洲的交通

　　欧洲的交通快速而便捷。　在欧洲旅行，不需担心出门的交通。你可以在早几个月前，就在网上预订快速列车准备出行，而且预订的时间越早，票价也便宜，以巴黎的戴高乐机场到法国北部城市阿哈斯为例，如果当天订票当天走，一般要 48 欧元，但如果你早一、二个月前预订，票价就只有 25 欧元左右。　即使在同一天，或同一星期的不同天，随着早晚和上班人群密集程度的不同，票价也会作相应的浮动，一天当中不方便出行的时间段，票价自然便宜些，一星期当中比如周一、周五坐车者特别多，票价所打折扣就会少些。　在中国以前只有高铁才可以网上预订，现在乘坐火车、动车、高铁都可以订票，但每种类型的票价全部是统一价，甚至买的是 D 开头的动车站票，价格与有座位的票的票价一样，体现了中国铁路懒惰粗疏的管理。

　　中国这种懒惰粗疏的管理也表现在退票机制和上车迟到处理上。　在中国，如果要退票，退票费一般占票面价格的 20%，自从 2011 年 7 月 23 日发生温州动车事故后，退票费降到票面价格的5%。　2013 年 9 月 1 日起，同时实行火车票递次退票方案，按退票时间收取 5% 到 20% 的手续费，其中开车前不足 24 小时退票的将收20% 的退票费。　在欧洲，如果你预订的票早，又想退票，你退票越早就越可能以票价全额返回。　如果你对预订的时间有改动，你也可以拿着车票到车站改签，但你有可能要补个差价，即你现在所买的重新预订出行时间的车票价格减去你以前所预订的车票价格。　如果乘客不能按时乘某一班次的火车，你的火车票还有两小时有效，你可以用你的火车票到火车站换下一班次去你要去的城市的火车票，如果该火车班次还有空座位的话，你同样有座位。 记得在欧洲旅游，我从荷兰返回法国北部城市阿哈斯（Arras），在途经里尔转车时，因转车时间间隔太短，未及赶上去阿哈斯的火车。 当时我急得直懊恼，但车站的工作人员告诉我，我可以转乘1小时后从里尔开往阿哈斯的火车，只要换个票就可以。

　　欧共体有20多个成员国家，它们之间相互免签，由法国国营铁路公司（SNCF）运营着欧洲主要的国际线路。 高速列车将法国城市与欧洲其他国家城市连接在一起。 高速列车几乎能到达每个国家，所以虽然我的签证国是法国，但我可以随意在欧洲往来，而且在网上可以直接预订火车票到欧共体任何一个国家。 我在阿哈斯曾乘着高速列车到达荷兰的阿姆斯特丹，也曾从巴黎坐火车经过一个夜晚，第二天下午抵达意大利罗马。

标有法国国营铁路公司标记（SNCF）的列车停在车站内

　　欧洲火车的车厢干净整洁。　由于车厢的人不多，大家说话声音很轻，既没有列车员在你跟前晃来晃去，也没有火车上卖吃食的商贩在你面前吆喝，所以火车上的乘客显得文明而悠闲。

　　在欧洲不是每一趟火车都有列车员会过来检查你的车票，主要是靠你自己的自觉。　在上火车时，你必须拿着火车票在火车站站台边上的检票器上打一下票，作为你乘这趟火车的凭据，如果你没有被机器检票器检票，你的票下次坐火车时还可以用，因为你的火车票上没有做过记号的痕迹，但一旦列车员偶尔在某一趟列车上抽查出你没有买票或有票但没有被机器检票，你将被重重地罚款，罚款的数额可能是你所购车票票面价格的五到十倍。

跟法国旅行团坐汽车一起去荷兰旅游，途中休息

　　在欧洲，汽车的出行也较方便。　由于欧洲地处平原，马路开阔，国与国之间的国界线不甚分明，一条大马路就把两个国家连在一起，中间也没有设岗，所以坐汽车时若不留神观察，从这个国家跑到另一个国家也毫不知觉。　我随旅行团去荷兰看郁金香，从法国阿

哈斯到荷兰的阿姆斯特丹郊区，坐汽车大概五六个小时，在这五六个小时过程中，汽车已从法国到了比利时，又从比利时到了荷兰。在中国，五六个小时的汽车路程也许连一个省都还没有走出去呢。

在自然前的沉思

　　我曾读到过这样一段描述人与自然和谐相处、恬谧生活的话："从前，在美国中部有一个城镇，这里的一切生物看来与其周围环境生活得很和谐。 这个城镇坐落在像棋盘般排列整齐的繁荣的农场中央，其周围是庄稼地，小山下果树成林。 春天，繁花像白色的云朵点缀在绿色的原野上；秋天，透过松林的屏风，橡树、枫树和白桦闪射出火焰般的彩色光辉，狐狸在小山上叫着，小鹿静悄悄地穿过了笼罩着秋天晨雾的原野。"这里的四季不但风景漂亮迷人，而且还吸引了一大批游客（人类）与自然界中的各种生命（植物、生物、动物），"沿着小路生长的月桂树、荚蒾和赤杨树以及巨大的羊齿植物和野花在一年的大部分时间里都使旅行者感到目悦神怡。 即使在冬天，道路两旁也是美丽的地方，那儿有无数小鸟飞来，在出露于雪层之上的浆果和干草的穗头上啄食。 郊外事实上正以其鸟类的丰富多彩而驰名，当迁徙的候鸟在整个春天和秋天蜂拥而至的时候，人们都长途跋涉地来这里观看它们。 另有些人来小溪边捕鱼，这些洁净又清凉的小溪从山中流出，形成了绿荫掩映的生活着鳟鱼的池塘。"

　　这是美国环境学家蕾切尔·卡逊在《寂静的春天》这本书里的开场白。 在欧洲旅游和生活的这段日子里，我特别体会到欧洲人生活的舒适度。 欧洲由于人口不多，又有很好的环保意识，水资源和空气很少污染，环境干净宁静，空气新鲜，人们有着对自然的敬畏和对动植物的伦理意识，人与自然友好，比较适合居住。

　　相反，在中国，环境污染和生态破坏相当严重，环境状况不断恶

法国北部—宁静干净的城市

化，调查显示中国目前 60％—70％ 的土地受到化肥及各种化学物质的污染，70％ 的河流已被污染，测控空气污染程度的 PM2.5 值居高不下，世界上污染最严重的十个城市有七个在中国。 有关调查还显示，我国公众和学界的环境意识均非常欠缺，有些地方官员往往以牺牲长远利益，获得近期利益为办事标杆，他们以经济效率和 GDP 为中心，以业绩为升迁指标，而把不断恶化的环境留给将来和子孙。

有一种观念认为，人对大自然的征服乃是因为坚信人类能稳稳地控制着大自然。 大自然真的能控制吗？ 今天，事实已告诉我们，我们竭力想把大自然改造得适合我们的心意，但实际上却未能达到目的，并且还给我们自身带来了身心的摧残。 生活在现代社会的人，很多患上抑郁症和强迫症，这本身就是人违背了人的自然性的一种结果。 人作为大自然的一个组成部分，本性喜欢悠然、放松、快乐。 人希望自己活得自然一些，再自然一些，像大自然一样悠然。 但现代社会导致人生存压力很大，人整天地忙碌，拼命地向世界和社会索取，向自然掠夺，结果自然和环境不断遭到破坏和恶化，而人的生存质量并不因为拥有的东西越多就越幸福，反而，幸福、和谐和美好的生活离人类越远。 我们很多时候，感受到自己失去了对世界"看"的能力，我们不会再用天真无邪的眼睛感受广阔的田野有鸟儿飞过，静静的池塘里有鱼儿游来游去，深深密密的枝叶间有鸣叫的知了，花丛中有翩翩起舞的蝴蝶……我们也感受到自己失去了对生活的感动能力，我们很难能够把个人的温情和感情融入万物。在今天，"与天地合一，与万物共生"的庄子境界我们已很难索寻，而带上个人烙印的自然景物也少之又少，在过去则很多，有陶渊明的菊花、李白的月亮、王维的落日、李商隐的黄昏……

记得德国诗人荷尔德林在《柔媚的湛蓝》这首诗中写到了人要"诗意地栖居在大地上"，而人要诗意地栖居在大地上，就必须改变过去对自然的看法，不是去控制自然而是去顺应和敬畏自然。 我们敬畏自然，乃是因为自然是有生命的，自然是一个将各种生命联系起来的复杂、精密、高度统一的系统。 诚如一位多年从事化学和物种改进的科学家布里吉博士在反省他们这一行业时所说的，"我们需要一个更加高度理智的方针和一个更远大的眼光，而这正是我在许多研究者身上未看到的。 生命是一个超越了我们理解能力的奇迹，甚至在我们不得不与它进行斗争的时候，我们仍需尊重它……依赖杀虫剂这样的武器来消灭昆虫足以证明我们知识缺乏，能力不足，不能控制自然变化过程，因此使用暴力也无济于事。 在这里，科学上需要的是谦虚谨慎，没有任何理由可以引以自满。"作为一个有生命的大自然，不是这样容易被人类塑造的，也不是我们人类所能控制的，它有它自身的法则和尺度，它处在一种活动的、永远变化的、不断通过调整自身以便使自己处于平衡的状态。 而人仅仅是这个大自然平衡当中的一部分。 当人掌握、顺应和利用了这一平衡时，自然对人变得有利，而当这一平衡受人本身过于频繁的活动的影响走向失衡时，自然就变得对人不利。

而今天，当我们自以为自己是万物的尺度而任意践踏万物时，当我们自以为凭自己的智慧和能力能控制万物时，我们失去了与"土地"的联系，失去了与各种色彩、想象、宁静的联系。 我们这样所带来的后果是，我们表面上拥有万物，但万物没有真正进入我们的内心，因为我们不是用"心"来生活，来拥抱和感受自然。 我们常有"应目"，但很少"会心"。 我们就像《小王子》中的那些成年人，已失去了与某一株麦子的联系，而自然界中的狐狸却用自己的体温和感情记住了那一株麦子；我们整天计算着房子面积的大小、价格的多少，而房顶上的向日葵，房屋上方的湛蓝星空，房子旁布谷鸟的歌唱却被我们挡在心灵之外。 我们真的需要恢复与"土地"的联系，需要将封闭的心灵顺随着大自然完全地释放，在一缕阳光的感动中，在一颗露珠的洁净中，在云的舒展、风的飘逸、林的生机、湖的静谧、山的雄伟、海的蔚蓝、江河的奔流中，在点点星月的灿烂、大漠的苍茫、落日的磅礴、雄鹰的翱翔、百灵的婉转、小草的纤巧、古木的耸然中，在枯藤、老树、昏鸦、古道、西风、瘦马中……这样，我们的心灵世界才不会渐渐憔悴、苍白和枯萎。

该是我们清醒的时候了，要知道毒杀任何一个地方的食物链最终会导致所有的食物链中毒，对自然的不尊重最终会导致对人类自身的惩罚。 非典、雾霾、沙尘暴、禽流感，土地流失，居住环境日益恶化，全球气候变暖……这些可怕的事实已一一摆在我们的面前。 我们不希望土地和自然开发所带来的代价是中国无以数计的城镇春天之音的沉寂。 幸运的是，现在对环境认识和保护的有识之士也越来越多。

万物无不适时而生，顺其自然而还。 愿我们在自然面前学会敬畏和聆听。

生活篇

法国的饮食

在法国，让你感到惊讶的是这里的饮食与中国非常的不同。 法国人的主食、烹饪所用的佐料和汁以及做菜的主料都与中国不一样。 一个族群要在一个地方长期生存下来，它就必须学会就地取材，并且用自己的智慧创造性地把吃、穿、住、行发挥到某种极致，这不但是为了延续种族生存的需要，也是为了满足自身创造和享受生活的需要。

法国一次正餐的饮食总体比中国的一次正餐的饮食营养要全面和丰富得多。 法国一次正餐的饮食大概包括饭前喝点葡萄酒，吃点水果，主食则是鱼或牛肉，辅食可能是土豆或蔬菜或面条等，饭后则有咖啡和甜点。 一次正餐包括了营养丰富的鱼或肉，也包括了酒类和水果，还含有蔬菜和糕点。 而中国的一次正餐没什么特别讲究，完全根据个人的喜好上菜，如果标准一点的所谓有鱼有肉，有蔬菜和汤，饭后吃一点水果，但不会像法国的正餐有那么讲究的用餐程序和非常明确的饮食结构分布。

法国的大餐是欧洲闻名的。 吃一次法国大餐时间可能需要 3—5个小时。 在一些重要的场合和宴请一些重要的朋友，一般家庭会用大餐招待朋友的。 会餐的过程也是朋友们在餐桌间畅所欲言、高谈阔论的时刻。 去参加会餐的朋友自然也会带一些如巧克力、葡萄酒、威士忌或鲜花作为礼物赠送给接待的主人，以表示对他们的感谢。 在宴会的开始前，主人一般会请客人先吃些水果，喝些开胃酒，如马蒂尼等。 在主食开始时先喝点罗宋汤或沙拉等，不同的主食则喝不同的葡萄酒，如果是鱼类，则喝白葡萄酒；如果是肉类，则喝红葡萄酒。 如果想喝度数低一点的酒则喝玫瑰酒。 主人为了显示对客人的尊敬，常做或点一些法国的名菜让客人尝尝，比如用鹅肝作酱料涂面包，另外会上一些海鲜、蜗牛、芝士等。

法国餐厅一隅

　　法国人对餐具甚至餐巾都非常讲究，喝不同的酒要用不同的杯子，餐具则是银制的，有着古典的情调。 法国的葡萄酒因着出产的年代、地域的气候、葡萄品种的不同，分成红葡萄酒、白葡萄酒、玫瑰红等几类，以产地为波尔多等地的葡萄酒较有名。 据说，酒吧的调酒师能调出上百种不同的葡萄酒的口感，体现了法国人生活的精致和细腻。

　　饭后客人不能急着走，主人会继续邀请客人吃东西聊天，此时喝的酒是消化酒，比如香槟酒，主人会邀请客人吃点巧克力和咖啡。

　　聆听着席上的高谈阔论，享受着形、色、意、味都很精致而丰富的主食，还有酒精对舌蕾、胃以及身体其他部分的层层扩散开来的刺激，相信很多人都会喜欢由美食、美酒、美人，以及友情、轻松悠闲组成的法国大餐。 法国大餐体现了法兰西民族的一种自信、浪漫和对生活的精致享受。 把吃饭弄得像过节一样，这就是法国，一个喜欢高谈阔论的民族，一个充满想象力和浪漫的民族。

　　当你品尝过法国饮食尤其法国大餐后，你对世界的香水和时装中心在法国巴黎而不在其他国家城市，就感到不足为奇了。

法国的农民节

    2010 年 5 月 28 日、29 日这两天，法国北部城市阿哈斯及邻近地区举行了一场农民节。 该农民节由北方农民合作组织、北加莱省政府机构等联合举办。

    农民节给我最大的印象是没想到规模如此的浩大，整个场地足足有好几个足球场那么大，分成 A、B、C、D、E 五个进出口，辽阔的场地划分成几个不同的功能区：蔬菜区、农业机械表演区、家畜区、儿童游乐区等，阿哈斯附近好几个地区的农民都派代表参加了

农民节场地分布图

几年一次的这一盛大节日。

农民要过自己的节日他们自然兴高采烈，并且精心准备。 好些农民自己就赶着马拉的四轮车来到这里。 那些马高大健硕，走起路来稳健有力。 表演比赛的农民则更加投入，在堆着稻草堆的场地上，正在上演着一场驾驶收割机按规定圈数绕场、看谁最先到达的比赛。 只见选手把马力开到极限，巨大的浓烟不断从发动机里冒出，机器隆隆的巨大吼声响彻比赛场地，他们锚足劲不断地踩油门，奋力转弯，力争比赛有个好名次。 观众们则看得津津有味。

比赛中行驶着的收割机

那边是马术和狗术表演。 欧洲有良好的马术训练的传统，重视人与马的关系。 在世界各地，马和狗作为家畜与人类都是比较亲密的。 汉语"愿效犬马之劳"表达的就是人类的一种生活经验，认为马与狗对人类较其他动物忠诚。 果然，在马术和狗术表演中，马、犬与人进行了很好的配合，尤其表演马术的那位女孩，把自己精心打扮成印第安人的模样，与马共舞、嬉戏。 在她的指挥下，马或跪

马术学校的学员在训马

各地区最雄壮高大的奶牛正在展出

下或扬起前蹄或走正装舞步。 细心的你会发现，马也装饰得很漂亮，灰白相间的它，梳着一根根的辫子，在主人的命令下正自信、优雅地展示各种动作。 马赠予主人以驯服、善良、忠诚、健壮、灵巧，主人赠予马以信任、欣赏、尊重、依靠、友爱。

另一边场地则是绵羊和奶牛展览区，其中奶牛大出风头。 那里有很多品种、花色的奶牛，每头奶牛编有号码。 由各地区组成的评委正在投票选出本届农民节最雄壮、最高大的奶牛，并且要给最给力的奶牛的主人颁发荣誉证书。

法国的农业人口占全国总人口的比例不到3%，但法国农民的政治和经济的影响力相当强大。 法国有数量庞大的农民组织，这些组织在增加农民收入和保护农民利益方面发挥了重大作用。 有了组织的"撑腰"，有了合法权益的保护，有了好日子过，法国的农民在属于自己的节日上自然满脸堆笑，风光无限。

西方人的房子观念

　　在欧洲，稍微住一段时间就会发现，西方人与中国人在对待房子上明显存在观念上的差异。

　　首先是欧洲的房子较好地保留着时间和历史。 在我所居住的阿哈斯城市，在其广场上存在着一座相邻的三间房子，这三间房子的建筑风格竟然代表着不同的历史时期：一间是保留 18 世纪建筑风格的，一间是代表 19 世纪风格的，另一间则是 20 世纪风格的。 西方的房子不仅具有居住的功能，更代表了一种建筑的艺术和凝固的历史。 在西方寻找活的传统很容易，通过看保留下来的房子的建筑，就可以辨认是巴洛克建筑风格的房子，还是洛可可建筑风格的房子，或是现代建筑的房子。

　　相反，在中国，活的传统如今很难找了。 上个世纪以来，中国有两次大的反传统，一是五四新文化运动，二是建国后尤其文革期间的"破四旧"，作为传统和旧文化时代的代表建筑自然在清算的行列里面。 中国古建筑历史学家梁思成曾写信给周恩来，希望不要把历代帝王的庙和牌子砸掉，那是传统文化和凝固历史的一部分，但在追求社会进步的人眼里看来，那是封建落后的东西，自然在拆除和摧毁的行列里面，自然，旧的、传统的建筑在认为越新越代表社会进步的历史潮流中被扫荡无余。 具有讽刺意义的是，今天中国又在提倡恢复中国传统文化，但满大街看过去，作为活的传统象征的古建筑和古村落越来越难寻找了。

　　西方的房子很早就注意到个人的卫生和空间格局。 早在古罗马

阿哈斯广场上相邻的三幢房子代表不同历史时期的建筑风格

时代，西方的房子就开始用大理石建造，而且已经有公共浴池，条件好一点的富人家中就有私人的卫生间。 据法国著名汉学家谢和耐的考证，中国在宋代卫生习惯已很不错，宋代时，现今的杭州地区就拥有较多的公共澡堂，百姓日常已养成定期洗澡的习惯。 但比起西方，中国人在卫生的意识和反映这方面意识的建筑构造方面还是落后了上千年。 这种意识差距一直延续到今天。 今天，西方政府规定不管你是富人，还是穷人，你所居住的房子必须有独立的或公共的卫生间和厨房，哪怕你出租给最穷的人，你的房子也必须有卫生间和厨房，否则不允许出租，而且出租房子必须在政府那里登记，房主需为自己所拿到的租金向政府纳税。 但在中国，政府没有这样的规定，穷人们常常住在没有独立的或公共的卫生间的房子里，这房子或是自己的，或是租赁的。

　　一个有意思的现象是，西方人买房子的观念没有中国人强。 在阿尔多瓦大学任教的两位法国籍华人学者，一个是教授，月薪三千

《沐浴》 法国 夏尔·格雷罗 1868

多欧元，一个是副教授，月薪是二千多欧元。 这两位女学者移民法国多年，在法国工作也多年，但她们都没有买房子，一直租房子。这对中国人来说是不可思议的，尤其对同行的中国教授来说是不可理解的。 今天，中国大学里的教授有二房三房的人太多了，有的教授还嫌二房三房不够多，举债继续买房，甘心成为"房奴"。 我曾问过上述两位女学者中的一位，问她为什么不买房？ 她说为什么要买房？ 在她看起来，一辈子租房也蛮好的。 我说，万一有一天租金涨了，自己租不起呢？ 若手上拥有一套房子，这样自己就安全多了。 她说，法国政府对房租和房价限制得很严，法国是一个高福利的社会，房租和房价涨幅很小，房租价格要向政府备案；另一方面，政府对那些低收入的租房者有租房补贴，所以很多中国学生到法国留学，可以申请房租补贴，若每个月的房租是 350 欧元，政府有可能补贴 150—200 欧元。 接待我的刚研究生毕业的法国小伙子 Pieere 在阿尔多瓦大学孔子学院工作，月薪 1 200 多欧元，他每月房租 280 欧元，他也申请到了每个月政府给他的 80 欧元的房租补贴。

那位女学者还说，法国人不买房，跟他们生活、工作流动频繁很有关系。 他们经常在法国各个城市之间搬来搬去，甚至在欧共体的 17 个成员国中找工作和移民定居，甚至更大范围的，在欧洲和美洲、亚洲之间往返穿梭，所以，对他们来说，若在一个地方买了房，有时反而是一种累赘，因为若要迁居他处，还需把房子卖掉。

中国人对房子看得那么重要，一方面是文化的原因，房子总是跟家联系在一起，中国人强调安居乐业、安身立命，居住和身体之安需要房子作依托，尤其是自己的房子作依托，因为有了自己的房子，才有可能进一步考虑鸿图大业。 说到底，中国人对房子的依赖很大程度上跟生存的不确定性所带来的不安全感有关，这生存的不确定性表现在不健全的社会福利系统不能保障自己的将来，也表现在对未来的租房价格和房价不能做出预计。 而政府出台的人事档案和户籍制度又进一步限制了中国人的流通，很多人只能一辈子生活在一个地方，于是，买房子就成了他们人生中重要的一件事情。

热爱生活的王太太

在我居住法国阿哈斯期间，王太太给我帮了很大的忙。

据金丝燕教授介绍，王太太是法国人，她丈夫姓王，所以大家都称她为王太太。 每年来阿尔多瓦大学的南京大学文学院老师，王太太都伸出援助之手，帮忙找住房，自荐做向导，邀请中国学者到她家作客。 金教授还说，王太太50多岁才结婚，嫁给解放前就留法的一个中国留学生，比其先生小十几岁，据说婚后时间不长，其先生就生重病，是王太太一直照顾他直到病终。 她先生病逝于1987年，享年78岁。 金还说，王太太年纪很大，心态却很年轻，你肯定会跟她合得来，所有的人她都会热情欢迎，不管对方是"高富帅"，还是"矮穷挫"，身材是胖的还是瘦的，年纪是大的还是小的，脾气是温和的还是暴躁的，性格是内向的还是外向的，言语是稀少的还是健谈的，性别是男的还是女的。 文学院老师至今去过那个地方的有十来个，王太太年年接待，年年如此，阅尽各色人马，但每年都热情接待。

就是这样的一位法国老太太，没想到已是80多岁的高龄，耳不聋眼不花，开起车来像小伙子一样。 这是我特别惊讶的地方。 当我第一次坐王太太的汽车时，她带着我去兜风，我好奇于她80多岁了，生活得竟如此有活力，要带初来乍到的我浏览阿哈斯的城市风光，体验这里的习俗风情。 在中国，不要说80多岁的人，就是60多岁的人退休后基本都闲居在家，要么整日带孙子、抱外孙，要么就是不外出，蜗居在家，与老伴唠嗑斗嘴，思想日趋保守，整日能数算的就是过去的一些所谓"光荣业绩"，等候的却是人生最终的谢

在自己家厨房中的王太太

幕——死亡。 但王太太居然是"老妇聊发少年狂。"

    又一次见到王太太是在阿尔多瓦大学的中国文化讲座上，请的是法国一个汉学家，讲的是先秦的一个典籍《乐记》。 这本连中国学古代文学的学生都不太好懂的典籍，王太太居然听得津津有味。听金教授说，每次有中国文化讲座，她都要向王太太发出邀请。 在阿尔多瓦大学有孔子学院，学院的法国学生基本都是阿哈斯的市民，有在职或退休的中学老师、有公司职员、机关公务员，人数不多，就十几个，王太太就是其中的一个。 也许她的丈夫是中国人，她对中国人有特别的感情，她对中国文化有特别的亲切感；也许她本身就是一个好学的人，喜欢知识上的探索。 说到底，王太太是一个非常热爱生活的人，在她身上，看到的不是岁月的流逝，人在暮年中生命力的一点点流失，而是在热爱生活中抵抗时间的腐蚀，在保持年轻开放的心态中充分享受当下，积极迎接未来。 所以每次见到她时，虽是一脸沟壑，但洒满阳光。

王太太参观一战时德国士兵墓地

　　我就这样喜欢上了王太太，虽跟她年龄上相差整整半个世纪，但跟她在一起没有隔阂。 以后出去旅游的时候，我喜欢叫上她，她也喜欢叫上我，我们一起去了柏林看博物馆，也去荷兰看郁金香。

　　王太太来过中国十二次，曾自费在法国出版过两本她个人在中国旅游的画册。 她精通英语、德语。 据她说，她的德语是在二战期间，在柏林的法国使馆区学的。 那时法国已投降德国，所以人虽然在使馆区，出入受限制，也遭遇不公正对待。 王太太一生基本生活在阿哈斯或离阿哈斯不远的城市，它们都属于法国的北方，德国攻占巴黎，要经过这一带，所以那里也是一个战火纷乱的地方，一战和二战都曾是战场。 王太太应该是经历过苦难和亲眼目睹战争浩劫的人，但是，是什么使她还如此热爱着生活？ 或许是高福利的法国生活，使王太太衣食无忧。 只要在法国工作满 30 年，退休的工资与退休前的工资是一样的，王太太每个月可从政府那里拿到近 3 800 的欧元，足以让她安度晚年；或许是法国开放的充满活力的文化和休闲的生活氛围，让她可以有时间有精力去享受生活，探索知识；或许是她的信仰，给予她一颗热爱生活的心，因为有爱就会有情有义。 王太太曾有一段时间是天主教徒，她的教名叫特雷莎，就是因为敬仰获诺贝尔和平奖的特雷莎修女而给自己取的这个名字。

这些也许都是原因，但也不重要，重要的是，王太太对生活的热爱感染了我，她教导我要成为一个热爱生活的人。

好求知的几位法国中学老师

在法国短暂的停留中（2009—2010），有几位法国中学老师给我留下了极深刻的印象，那就是他们渊博的知识，对生活的热爱，求知的热情和精通数门外语。

我已有文章介绍在中学教德语的王太太她是如何热爱生活的，这里对她就不再赘述。我在这里介绍另外二位法国中学老师，一位是中学数学老师也是教授我法语的 Serge，另一位是中学俄语老师萨维娜。

经王太太介绍我先认识了萨维娜。我跟王太太提过，希望在法国期间，自己学习一下法语，请她帮忙给我找一个人给予指导，王太太就把萨维娜介绍给了我。萨维娜是法国人，她精通五门外语，中文、德语、俄语、世界语、葡萄牙语。尤其让我惊讶的是，萨维娜的中文非常好，好到她翻译的中文可以成为官方法律文件。后来知道，她年轻时到中国旅游认识了一个东北小伙子，两个人就结婚了，过了十几年后两个人又离婚了，现在她 50 来岁，独居在家。但萨维娜毕竟是法国人，她教了我两次法语后，就提出不可能这样无偿为我教授法语，教授法语以后是要收费的，换成其他法国人也是这样的。她说，有一种办法可以不收费，那就是我与对方成为语言伙伴，比如对方教授我法语，我教授对方汉语。她说帮我找找看，这样，我就认识了后来一直教授我法语的中学数学老师 Serge。

王太太、萨维娜、Serge 其实很早就相互认识的，他们虽然不在同一中学共事，但他们都同为阿哈斯这个城市的中学教师协会的成

照片中右二是 Serge，左一是他的妻子，左二是萨维娜，右一是我

员。 最近，他们在阿尔多瓦大学孔子学院一起学习汉语，听关于中国文化的讲座，所以走得更近了。 Serge 就是因为听说我是来自中国的又是研究中国传统文化的学者，他愿意与我接近并教授我法语。

Serge 的中文口语没有萨维娜好，但他对中文的学习热情和钻研精神让我佩服。 他提出跟我学习文言文，他说中国文化博大精深，但遗憾的是他看不懂中文古书，所以他希望能跟我学习文言文，好让他将来有一天能完全读懂古书。 他甚至把《九章算术》的中文书拿来给我看，希望通过学习文言文后，他能独自看懂这本古书。

Serge 虽然教授数学，但他精通三门外语，中文、英语和阿拉伯语。 而这些外语在他旅游过程中发挥了用途。 他说来过中国，就是用汉语跟小贩买东西时讨价还价；到中东国家去，他说的是阿拉伯语。 除了旅游，Serge 还喜欢看文学书籍，收藏电影、音乐等光碟。他还热心社会公益，参与公共领域活动。

2010 年五一国际劳动节那一天,带着墨镜的 Serge 处在游行队伍当中

我问过 Serge,在法国做中学老师,可以从事自己的研究吗? Serge 说,是可以的,他希望自己精通中文后,可以对中国古代数学进行研究,希望把《九章算术》这本书介绍给他的学生。

在法国,中学老师可以从事研究,这已形成了传统。 出于对知识的敬重,法国社会对中学老师非常尊重,中学老师在社会上声誉也高。 正因为在法国做中学老师是一件荣誉的事,又可以从事自己的研究。 法国一些有名的学者、思想家年轻时都曾做过中学老师。如法国史学家、文学评论家丹纳(1828—1893)在巴黎高等师范学校毕业后,为了继续自己的学术生活,他选择到学校工作,担任中学教师。 文学家、思想家萨特(1905—1980)19 岁入巴黎高等师范学校攻读哲学,获博士学位,后任中学哲学教师。

在我国,民国时期的中小学老师也是赫赫有名的:朱自清曾任教于江苏扬州中学和浙江台州中学,夏丏尊于江西春晖中学,郭绍虞于上海尚公小学,周予同于温州中学,叶圣陶于苏州和上海一些初等和高等小学……1930 年夏丏尊、叶圣陶还创办了《中学生》杂志，朱自清、朱光潜、周作人、俞平伯、林语堂、郑振铎、丰子恺、蔡元培、郁达夫等名家都曾是该刊的作者或参与者，该刊成了当时中学生"不可一日无此君"的益友，是当时进行国文教育的中心阵地，在中国教育与文学发展的历史上其地位不可动摇。

可惜，如今的中学老师对学生只有"教"（填鸭式的"教"），没有"育"（孕育、哺育、养育、涵育），用各种分数杠杆衡量学生的优劣，"教育"变成了一个结果，而不是一个过程，一个生命展开的过程。 中学教师的地位也得不到社会的尊敬，社会对知识和教育的尊敬让位给了金钱和社会地位，中学再也不能吸引到优秀人才去任教。 按照心理学家艾里克森对心理发展期的划分，中学时期是一个人在人生发展中自我定位的时期，如果在那个时期，有很好的人文素养和精湛的专业知识结构的老师陪伴在身边，并给予引导，这对一个人终身的学习和一生为人是非常有影响的。

欧洲的墓地与记忆

一战中德国士兵墓地

2009 年深秋的一天，我和王太太一起去看了第一次世界大战（1914—1918）在欧洲战场上战死的军人的坟墓——它就在法国北部城市阿绵（Amier）附近。 看着一块块刻有死亡者名字和具体出生年月、死亡年月的数万墓碑，看着一排排、密密麻麻的夕阳下的"碑林"，我很震惊，在震惊之余，有很深的触动。 我们如何去学会记忆？ 对于死亡，我们直面过吗？ 面对苦难和暴力，我们记忆吗？ 面对文化遗产，我们保留吗？ 建筑、博物馆、墓地，这是欧洲给我印象深刻的三个名字，也是欧洲文化的三张名片，它们都与记忆有关。

苏联民族会记忆，上个世纪诞生了 5 个获诺贝尔文学奖的作家。《古拉格群岛》《日瓦戈医生》《静静的顿河》，这些伟大的著作都是与意识形态要刻意遗忘和掩盖的某一特定历史阶段抗争的结果。

在法国设有法兰西自由基金会资助的"记忆奖"。该奖专门为那些拒绝遗忘的作家和人权人士设立。"记忆奖"的名誉主席法国已故总统密特朗夫人丹尼·密特朗说："如果说博物馆、纪念馆是死的记忆的话，那么这个'记忆奖'的目的是要奖励活的记忆，活的记忆可以立即反映出当前的世界。" 该协会的秘书长让·克洛德·格德维施说："颁发记忆奖是要提醒人们，记忆并不属于我们个人，记忆属于全人类，透过时间和空间，记忆对于现在和未来来说，都具有意

纳粹上台后，歧视一战中死去的德国籍的犹太士兵，不给立碑，后来这块墓碑（图右）又加上，所以这块墓碑与旁边的不同，这块墓碑上有犹太籍士兵的名字和牺牲的时间

义，它表明为记忆而进行的斗争也是为了人和人的自由而进行的斗争。 人，只有同时成为记忆和计划的时候，才能更为自由。

是的，对于曾经发生过的苦难和杀戮，我们都不应忘记：如果稍有遗忘，那些苦难和杀戮的制造者就会把自己的罪恶一笔勾销，这样的结果将会使人民再一次遭受劫难。 遗憾的是，在我们这个苦难的中国，人们特别容易失忆。 据说，陆川拍《南京，南京》这部电影时，向史学专家提出了一个"麻烦"的问题，就是在文字资料中能否找到南京大屠杀中被杀者的名字及具体生平。 这让专家很为难。

记忆不是为了沉溺在过去，也不是为了寻求复仇，更不是带着过去的阴影生活，记忆首先是为了真相，也是为了更好地寻求宽恕，与他人、与过去，也是与自己和解，在面对死亡中获取新生，在告别暴力中珍惜和平，在医治创伤中走向未来。

法国士兵的墓地，旁边是意大利风格的教堂，在十字架下死去的人获得了和解与新生

记忆也是为了离真实的生活更近一些，真实的信息是社会理性决策的依据，是百姓同情与理解的基础，是人类驱除黑暗的力量。

我们若不能客观地看清楚自己的过去，当然就不能理性地处理当下，以及走向未来。 只有通过对历史的真实研究，才能发现现实社会运作的真相，我们才能不在某个相同的地方犯下同样的错误。

法国城市的情绪

在国外一年的日子里，很少在欧洲马路上看到路人怒目相向、进而动手的场面，看到更多的是各自相对独立又悠闲自在的生活。

记得 2009 年 8 月 17 日第一次欧洲旅游，在目的地法国北部的加莱省首府阿哈斯火车站下车后，不见来接我的小伙子 Pierre。 当时我心里十分着急，在这里举目无亲，自己又语言不通，情急之下突然想起唯一可联系的就是刚才在巴黎接机、送我上火车的金丝燕女士，她是法国阿尔多瓦大学东方语言系的系主任，也是我这次来这所大学做汉语和文化课教师的主要联系人，我有她的电话号码，但我又不知道怎样在法国公共电话亭打电话。 行人在我面前如潮水般流过，我看着其中一个面善、神态安详、衣着得体的中年男子，就向他走去，我用英语对他说，迎接我的人不见了，我没有他的手机号码，我要借用他的手机给另外一个人打电话，让对方联系上接待我的人。 中年男子就用他的手机拨我给他的号码，可惜金老师估计在坐地铁，手机信号不好，一直没打通。 虽然用他的手机我的联系没有成功，但我对这位素不相识的法国中年男子还是表示由衷感激。我对法国的第一印象不错。

我所生活的阿哈斯虽然是法国一个省的首府，但总人口只有五万人，城里的人生活很安逸，每天下午夕阳西下的时候，就有很多老年人、中年人和年轻人在咖啡馆前喝咖啡和啤酒，看着落日一点点沉下去，直到华灯初上。 酒吧和咖啡馆里的歌也是柔和的，休闲和安逸写在他们的脸上，也表现在他们的交谈中，嗓音是压下去的，姿态是放松的，讲话的音量控制在几个朋友听得见的高度，展现出心灵中没有褶皱的一面。

欧洲城市中酒吧的一个角落

在这个法国城市生活久了，我也就慢慢习惯了行人适中的音量、讲话的放松和平静，这体现了我所生活的这个城市的一种情绪，安静和温和。

一年后，即 2010 年 6 月 23 日，我从法国回国，飞机降落在了上海浦东机场。当机场巴士把我们这些人送入市区时，一种久违的、不习惯的各种声音突然从四面八方飞扑而来，声音或嘈杂或尖锐或高亢，有建筑工地机器的轰鸣声，路上行人边走路、边打手机的大喊声，有路边小摊铺货主卖东西的吆喝声，或因言语不合和事情不谐起冲突而提高音量的"开吵"声……先前生活在国外，如今坐在机场巴士上的中国人也好像一下子被唤醒了过来，很兴奋地用高亢的声音开始交谈，加入到中国特色的响声和热闹中去。

我们为什么喜欢用大嗓门而不是音量适中来表达观点？为什么一遇到对方与自己言语不合或谈不拢就易激动，对对方采取对抗和攻击的方式，而不是一种心平气和的方式来表达自己的感受？这背后耐人寻味。

或许，内心压抑的情绪太多太久，情感上稍微的不愉快和事情进展不顺都有可能把自己内心长期被压抑的情绪引爆出来，如马加爵般地要复仇、要快意恩仇；也许希望通过嗓门大来掩盖自己内心的虚弱，通过自己的气势来压倒对方，因为"理"不在自己这一边；也许生活的历练告诉自己，遇到事情不能通过用心平气和"讲理"的方式与对方沟通，因为在这个国度里行不通。

不管有多少的"也许"，响声和热闹折射出了我们这个民族，我们所生活的城市，以及我们个人的情绪，一种亢奋和不安，一种自卑和压抑，一种激动和对抗。

我在法国的日子里，耳闻目睹几件事。一是一个留法的女学生的法国男朋友，在企业里敢于与领导顶嘴，这位中国女学生对他男朋友说，如果你在中国，你早被开除了，领导早给你穿小鞋了。她的法国男朋友说，法国有保护企业员工的法律，若企业员工在工作期间没有出现重大事故和失误，企业领导是不能随便解雇人的。另一是经常在阿哈斯看到法国人游行示威。有一次在五一国际劳动节期间，看到一些年轻的和即将退休的人在游行，原因是法国政府为了应对世界经济危机，把法国工作者的退休年龄提前，以便让更多的人早点下岗，腾出岗位，而退休工资比在职工资低，这样政府在财政拨款上压力可减轻一点。这导致了很多人的不满。有意思的是，在游行队伍中，有人牵着小狗在游行，虽有旁边的人高举标语，还有警车在前面开道，但她和小狗犹如在自家的庭园中散步。

2010 年五一国际劳动节法国教师游行，其中一位牵着小狗

再一个是我为家人申请来法探亲，怕法国政府拒签，但接待我的法国年轻人 Pierre 告诉我，只要我有"理"，法国政府是没法拒绝的，而且最终会通过的，不过他说法国政府办事很官僚，等的时间会长一些。

通过以上几件小事，可窥见国外生活讲话温和、音量适中之端倪。

心灵的距离

　　据说美国最繁华的曼哈顿地区的立交桥上行人之间的距离是世界上最近的，几乎是人贴着人走路，但行人之间心灵与心灵的距离却隔得很远。

　　中国的陌生人之间的心灵距离也是非常远的。2011年10月，在广东佛山曾发生小悦悦被车碾压这一事件，当时竟然有18位路过的人却没有伸手相助，显示了现实世界中陌生人与陌生人之间的距离何等的遥远，即使近在咫尺，也见死不救，让一个4岁的女孩孤零零地躺在冰冷的水泥地上再次被碾，最终抢救无效，撒手人寰。正应了一句老话："各人自扫门前雪，莫管他人瓦上霜。"这显示了中国人之间距离之大，大到人性冷漠，世态炎凉，人世间没有温暖和关爱传递。

　　中国人的心理距离又是很近的，表现在家庭成员之间的相互磕磕碰碰。今天的独生子女之所以娇与骄，就是父母过分宠爱的结果，就像一个比喻所说的，父母对待他们就像对待一颗糖，含在嘴里怕融化，捧在手上怕掉下。因父母没有与子女保持很好的界线，他们过于干涉对方的生活空间，以致于双方距离靠得太近，粘在一起，彼此离不开对方。子女也想寻求独立和自由，但怎奈从小诸事都由父母包办，读大学是父母为其选择，将来找工作也是父母为其铺路，甚至结婚、买房子、养孩子也需要父母经济上资助和生活上照顾。在这一过程中，做子女的也曾挣扎过，但怎奈以前独立飞翔的机会和次数较少，又加自己羽翼未丰，还不能远离和高飞，最终为了图安逸和安全的生活，自己喜不喜欢父母所指定的哪所大学哪个专业，以及将来所从事的工作是否因着自己热爱把它当作志业去奋斗，都变得不重要，重要的是自己的生活和事业的活动范围须在父母目光所及和能力所能影响的范围内。父母也"依赖"子女，对子女溺爱，实是自身情感的一种寄托，或因自己童年不幸，所以把上一代没有给自己的那一份爱再给子女，子女获得了双倍的爱；或夫妻之间情感淡漠，只好在亲近子女中获得情感满足，或让子女考上自己心目中理想的大学，来"圆"自己没有实现的梦想。

子女需要他们的照顾，他们也需要通过子女来满足他们的需要。于是，子女与父母就这样一辈子纠缠在一起，即使他们地域上相隔很远，但心理距离上依然很近。

在国外，我观察到的则不一样。对于陌生人之间的距离，国外的人没有中国人这么遥远，当我在欧共体五个国家旅游问路时，形形色色的不同外国人，不管年龄和肤色，基本上都给予热情和友好的指点甚至带路。反之，当我靠近一些华人时，他们总是很警惕地看着我，以为我会给他们"碰瓷"或设某一圈套，有的甚至还没靠上去，自己就先跑开了。本来在一些地方好不容易见到一个华人，像见到亲人似的，很激动，满脸灿烂地跑过去，但对方却迟疑警惕地看着你，甚至用手势阻挡你不要靠近他（或她），这是一件多么尴尬的事！也是一件令人伤心的事！古语云，"海内存知己，天涯若比邻"，但是，今天人在天涯碰到了侨胞和同胞，"比邻"则转化成了陌生的遥不可及的距离。

外国人家庭成员之间的距离则比中国人隔得远。一个嫁给法国人的中国留学生告诉我，在与她丈夫结婚之前她就很明确告诉他每年都要寄钱给中国的父母，以免以后双方在赡养父母这一问题上产生矛盾。那个法国丈夫很不理解，因为在他们的文化中，已成年的子女没有赡养父母的义务。如果父母还在工作或已有退休金，子女寄钱给父母，父母则把它解读为自己没有能力养活自己，在情感上他们认为这是一种耻辱，因为这是子女对自己能力的一种否定。 同样，子女年满 18 岁以后，考上了大学，父母可以不再资助子女读大学，所以法国的大学生大多数在大学期间自己出去打工，不再需要父母供养，法国的教育部考虑到这种实际情况，允许学生不上课，但必须参加考试，若考试通过、作业完成，即使缺课也没关系。

法国的大学生在考试

　　西方的文化书《圣经》说："人要离开父母，与妻子联合成为一体。"它的意思是说，子女与父母在日常行为当中不一定完全分开，但心理距离一定要分开，对于中国人来说，后者没有做到，对于外国人来说，前者没有做到。 中国人讲究"孝"，外国人讲究"独立"，对于今天的我们能否做到既"孝"又保持独立呢？

中国人在法国的忙碌

忙碌对中国人来说，常意味着是一种勤劳，与懒散、懒惰对立。报刊也常称中华民族是勤劳的民族。 忙碌成了一种美德。

这种"忙碌"的"美德"也伴随着我来到了法国。 到了法国后，虽然我脱离了国内各样的忙碌：应酬的忙碌，带孩子的忙碌，单位的忙碌，家庭的忙碌……但内心的"忙碌"感依然保持着，人虽然在法国，生活和教学的环境也很安逸——除了每星期给法国大学生上不多的课外，其余时间基本都属于自己，但我"紧绷的弦"、厮杀的心、不可懈怠的志却一直没有松下来，就像在战场上一直作战的士兵，虽然战争已结束，回到了大后方，但他还是保持着作战的姿态和对周围高度的戒备状态。

这种在国内训练出来的"忙碌"的"美德"使我失去了细细品味生活和享受新生活的机会。 一位住在巴黎的法国学者邀请我到巴黎游玩，我嫌花时间和精力，懒得更新自己的生活内容，宁愿像一只蜗牛一样蜗居在自己的房子里进行辛勤的耕耘，对于外面的世界也不感兴趣，也不愿意走出去。 又有一次阿哈斯旁边的城市举行什么节日，我也没有去，我用"忙碌"的理由拒绝前往，对自己说，我很忙，我去不了，我要看很多很多的书，写很多很多的文章。 就这样，在一次次忙碌中，新生活、新事物与我渐行渐远，因为自己的忙，对生活尤其新生活没有时间品味，所以也谈不上感知，更说不上享受。

在法国，不仅我"忙碌"，哪些移居法国已在法国生活多年的华人也一直"忙碌"着。 华人在海外生活的辛酸和辛勤时有耳闻，但这次却切实地感受到。 我认识的一个开皮包店的吴姨，非常地"忙碌"。 她没有休息日，法定的周末两天休息对她来说形同虚设，因为周六她开门做生意，周末很多不上班的法国人逛街买东西，自然这么大好做生意的时间她不会放过。 一个月的四个周日，她至少有一到两次是去巴黎进货，早上开车出去，在巴黎吃个中饭，黄昏回来。 法国人的商店营业时间比较短，我曾经去过一个电信的店买手机卡，该电信店早上十点开门，晚上七点关门，但在同一条街的吴姨的店是早上九点开门，晚上九点到十点关门。 据说，法国人很不愿意与中国人做同一行业的生意，其中原因之一就是中国人太勤劳了，当法国人早上在床上睡觉、做美梦的时候，中国人早已打开店门迎接顾客；当午日炎炎、倦意袭来时法国人关门到附近酒吧喝杯葡萄酒和咖啡的时候，中国人斗志高昂，依旧在店里忙碌；当华灯初上、皓月升空法国人该是回家或在餐馆吃法国大餐和好好享受美食的时候，中国商家则坚守阵地，直至迎接完街上的最后一批顾客。

巴黎的一个露天咖啡馆

　　华人在海外必经打拼才能在那个国家站稳脚跟，这也是华人辛勤劳作的主要原因之一。 但华人的忙碌也不尽与生活条件艰辛有关。 据我观察，吴姨算是一个站稳脚跟的人，她在法国从事生产、批发、销售皮包已 20 多年，所以经济上也算宽裕，在阿哈斯她有一套房子，在巴黎她也有一套房子，她有三个门店，两个女儿都已大学毕业，一个是国际贸易专业毕业，现帮助父母打理生意，另一个女儿在德国打工。

在阿哈斯吴姨家的花园里吃自助餐

　　我曾到她家去过，惊讶于她有那么好的经济条件却没有好好地把家装饰一番，让家变得舒适和有情调些。 也惊讶于她家拥有 3 部汽车，但吴姨和她丈夫几乎没有出门在欧洲旅游过，虽然他们来法国已 20 多年。 她的生活很简单，她和她的老公绝大部分时间都在店里面，晚上回来早一点，就自己做饭，回来晚一点就在外面简单吃一下。 她和她老公在家唯一的娱乐就是看国际中文频道。 偶尔有周日不去巴黎进货，就在家睡觉，把平时的"觉"补回来。

我说，吴姨你跟你老公打拼一辈子了，该是歇歇的时候了。 她说现在还不能歇，要给自己和老公买老了的时候的巨额保险，这样将来干不动的时候，每个月就可以靠保险养活自己。 我说你老了没钱法国政府不是会给你困难补助吗？ 她说有补助，每个月不过是五六百欧元，仅用来维持生活水平最底线，这钱只够买面包吃。 我说，你女儿都已长大了，你俩生活够吃够用就够了。 她说她还要继续为女儿赚钱和存钱，说不定女儿将来某一天过得不好，女儿需要他们的帮助，而且为女儿赚钱和存钱，也是为了让女儿生活过得好一些。 我说，吴姨，你有三个门店，自己又忙不过来，多雇一些人手，这样你就会轻松些。 她说法国人每工时的付费很高，政府规定每小时最低不能低于5—7欧元，找一个全职上班的每月要付出很多钱，她宁可要一些兼职的中国学生临时来帮忙一下。

吴姨忙碌的理由很多，相信她即使退休后照样会"忙碌"下去：她会给女儿带孩子，或者在家里做家务。 遗憾的是她一生生活在法国和欧洲，却因着忙碌没去过法国南方普罗旺斯看看那里的薰衣草，去荷兰阿姆斯特丹看看郁金香，去巴黎圣母院看看广场前的鸽子成群地飞翔，虽然吴姨每个月都去巴黎，甚至她所居住的城市就有一个花园，那里有各样的菊花、郁金香等，但吴姨就是很少去。

王维说，"人闲桂花落"，只有人闲的时候，才能听到桂花落地的声音。 只有当人的忙碌、嘈杂和喧嚣退去时，才能聆听到大自然各种的声音，感受到世界深处的生机勃勃。

愿吴姨有闲的时候。 也愿我回到中国后，不因着忙，失去感受生活的美和在生活的深处停留的能力。 因为，忙碌、喧嚣和所谓的成功仅属于生活的表象，而生活深处的开掘需要我们心灵眼睛的转向，就像一个哲人所说，对生活观看到多少，取决于你观看的方式。

一战中欧洲的中国劳工

在我居住的法国北部城市阿哈斯（Arras）附近，在位于法国索姆省滨海努瓦耶勒市（Noyelles-sur-Mer）的地方，有一个欧洲最大的华工墓地。这是一个在英军华工营地原址上修建的占地 2 650 平方米的墓地，也是在法国与比利时华工墓地中最大的华工墓园。墓园内埋葬的是 800 多位在一战中死去的中国劳工。园内每块墓碑上部都横刻着"流芳百世"，"虽死犹存"，"勇往直前"等中英文大字，下面用中文刻着死难华工的姓名、籍贯、生卒年月及编号。这些死难华工大多来自山东、直隶等地。2002 年清明节，法国在这里举行了第一次大规模的公祭活动，法国荣誉军人和退伍军人 30 个协会代表、旅法华侨华人 50 多个社团代表、中国驻法国大使馆和其他常驻机构的代表、法国各界人士近 800 人参加了公祭仪式。

让我感到震惊的是，是什么原因让这些劳工要克服重重困难，远渡重洋来到法国？

原来第一次世界大战期间，以英法俄为核心的协约国同德奥为核心的同盟国在比利时与法国西北部进行会战，当时主战场有一部分就在阿哈斯附近。伴随着时间的推移，交战双方士兵死伤严重，导致后方与补给线上的劳动力极度匮乏。在这一情况下，早在 1915 年底，法国与北洋政府达成协议，希望中国对法国进行劳工输出。与此同时，英国人则利用其在山东威海卫的租借地，并利用教会网络，悄悄地在山东和直隶两省招募中国人。这些招募计划一开始都是半官方的，因为当时北洋政府的中国是中立国，不能公开站在某

法国北部索姆省诺莱特华工墓地

一方，但是 1917 年中国宣布参战、加入协约国后，开始转由中国政府劳工部组织劳工输出。 从 1916 年 5 月输出第一批劳工开始，到第一次世界大战结束的 1918 年 11 月，相继有 14 万华工远涉重洋，来到战火纷飞的欧洲，开始了他们曲折艰辛的劳工经历。 被招募的华工绝大部分来自中国北方，他们处在社会底层，为生计所迫，愿意远渡重洋，希望通过在异国他乡辛勤工作，可以改善自己和家人的生活。 当时所签的合同上也规定，给他们每个人的工资一半发给他们家人，一半留着给自己用。

当这些劳工经过体检合格并正式定招后，就可拿到 3—5 年的合同。 为了能识别每个人，发放工资、分配衣食和任务时不混淆，每一劳工都一一用中外文做了编码，该号码即代表劳工本人，所编的号码就成了劳工的身份证。 为了防止号码被遗忘或丢失，招聘方把写有编号的铜片卷成镯子形状套在每个劳工的右手上。 为防止他们把疾病带到欧洲，他们在上船前，还要经过消毒洗澡，之后发放统一制服及工具包。

墓碑上写着：刘保章，直隶人，编号 **42904**

鉴于德国在地中海以及其他海域"无限制潜水艇战"，他们赴欧路线改为经太平洋到加拿大温哥华，然后乘火车穿越北美大陆，再横渡大西洋前往英国，最后转往法国。

1917 年中国北洋政府对德宣战后，英法当局对在法国的中国劳工的工作安排陡然生变，他们中的很多人被送到了危险的工作场所，比如在前线挖掘战壕、修筑工事、野战救护、掘埋尸体、清扫地雷、筑路架桥、运送弹药、装卸给养等。他们虽然不是战斗人员，但他们工作的危险可想而知。

在法国北部地区的一战战壕遗址

　　当时在法国的中国劳工绝大多数是文盲，面临生活和语言上的困难。　此时在基督教青年会（YMCA）主持下，基督教青年会成员和在法的留学生们开始帮助华工适应当地的生活和语言。　其中，有一个人不得不提到，他就是晏阳初。　1918 年夏，28 岁的晏阳初从耶鲁大学学士毕业，他旋即奔赴法国。　他当时任北美基督教青年会战地服务干事，他来欧洲战场的目的就是为当地的华工提供志愿服务，包括给他们翻译、读信、写信。　后来他想，与其帮他们写，不如教他们识字以后自己写，因此创办了华工识字班。　他自己编了一本《千字课》，都是从华工们最常用的字词中选出。　为了扩大华工识字的成果，晏阳初创办了《驻法华工周报》。　他曾收到一封读者来信，说自从该报创办以来，天下事他都知道了，他愿意把在法国打工三年的积蓄全部捐出支持晏阳初办报，这让晏阳初感动不已。　他说："我在法国，原想是教育华工，没想到他们竟教育了我。"这封信让晏阳初立下一生的信念："我立志回国以后，不做官，不发财，不为文人学士效力，要把终生献给劳苦大众，做好名副其实的'平民先生大人'。"后来他自己也常说，是"三C"影响了他一生，即孔子（Confucius）、基督（Christ）和苦力（Coolies），"我不但发现了苦力的苦，还发现了苦力的力——潜伏力。苦力教育了我！"

1918年11月11日，持续了四年的第一次世界大战终于结束，战胜的协约国沉浸在一片欢欣喜庆的气氛之中。作为协约国一员的中国，终于也成了战胜国之一。中国虽然没有派出军队参战，但真正作为中国的代表参与战争的，就是14万北方农民为主组成的中国劳工，协约国所称的"中国劳工旅"，怪不得当时中国文化名人蔡元培振臂高呼："劳工神圣！劳工万岁！"

14万的中国劳工，经过一战，有的已死在战场上随地掩埋，有的下落不明，有的被安葬在公墓里，有名有姓地被后人纪念，就如本文开头提到的法国加莱省的诺莱特（Noyelles-sur-Mer）公墓。在法国其他省如索姆省、塞纳滨海省、埃纳省等地和比利时葬有华工的公墓约有70处，共安葬近1 900名华工。14万中大约11万的华工从1919年秋起被陆续遣返，直至1922年3月归国完毕。另有3 000多名华工选择在法国定居，并在巴黎里昂车站形成了第一个华人社团，成为了中法关系史上第一批移居法国的华人。

教育篇

追求快乐还是追求成功?

在欧洲的公路上，你会频频碰到年轻人开着房车浪迹天涯；或者在周末的街头常遇见表演艺术的年轻一族获取路人的施舍。可能这些人在国人眼里认为是不务正业、事业无成的人，但他们活得很快乐。

中国教育不会考虑个性教育，它设置的教育目标就是告诉我们学习成绩要比别人好，只有这样，才会有出息。为什么那么多儿童在成长过程中失去了快乐？就是从最初的教育理念开始的。从孩子出生开始，我们就在教育孩子要掌握更多的知识，但从来不教给孩子该如何快乐地生活。我们对孩子的期待是，希望他出人头地，成为社会所要求的成功人士。于是，快乐和有趣离儿童的成长世界越来越远。我们从小灌输的教育理念是"吃得苦中苦，方为人上人"，为了成为"人上人"，可以不考虑自己在学习时是否快乐，只考虑学习的结果和目标的获得。于是，快乐笑声和有趣想法，随着自身成为家长亲手打造的学习机器和竞争机器那一天起就渐行渐远。陪伴过儿童成长的家长都知道，3—6岁是儿童人生中最有趣的时期，因为"趣得之自然者深，得之学问者浅"，那时他们还没有被太多的文明和知识所"规训"，也不知道什么叫竞争，他们的生命特质还没有完全固定，他们对这个世界还保留着好奇、开放和流动，所以他们特别有趣，虽然他们"不知有趣，然无往而非趣也。面无端容，目无定睛，口喃喃而欲语，足跳跃而不定。"（明袁宏道语）

白岩松说过：一个从小就接受争先教育的孩子，长大之后是可怕的，他的成长过程不仅失去了欢笑，他走入社会，假如成为领导，

巴黎蒙马特地区的街头艺术家在表演魔术

他会不考虑员工自身感受，把员工当作一种简单劳动力来使用；如果是一个普通人，那么他就会苛求自己，让自己在所谓的"奋斗"中穷其一生，至死也不明白，他到这个世上是干什么来的？ 他笑过了没有？ 他有没有享受过快乐？

现在的竞争教育和完美主义教育使小孩子的快乐真的越来越少了。 有两则报道深深触动了我。 一则是幼儿园某班小朋友进行一分钟拍皮球比赛。 在开家长会时，拿到第二名的家长并不开心，对着小孩训斥说，你为什么不多拍三下，那你就可以拿到第一名了。

法国巴黎蒙马特地区的黑人艺术家在街头表演空翻

原来这位小孩比第一名少拍了两下。 经家长训斥，这位拿到第二名的小孩喜悦也就没有了。 另一则是 2013 年 3 月 6 日，网上热传一份家长制作的一个小孩升小学的简历。 简历一般在求职时才需要，但现在连幼儿园升小学都开始制作简历了。 该小孩毕业于北京西城区棉花胡同幼儿园，学过瑞思英语课程、钢琴、轮滑、冰球，练过武术，识字达 300 以上，能进行 2 位数加减法。 该简历"秒杀"无数大学生、白领。 网友纷纷感叹，现在家长怕孩子"输在起跑线上"！连幼儿园阶段，都让孩子"知识就武装到牙齿"，只可惜有没有问过孩子，他在幼儿园阶段，快乐吗？

移民到美国去的徐小平在《忍住，我这样面对孩子》中就特别分享了他在美国对孩子的期盼。面对社会竞争和压力，他希望两个儿子在读书期间拿荣誉、上名校、学热门专业。有一天小儿子问他，如果上了你说的名校，但是不开心，那上名校还有意义吗？儿子的话引起了他的思考。的确，如果成功了不快乐又有什么意义？

徐小平最后反问我们，说，在中国我们对孩子培养什么？是培养良好的公民，还是社会主义接班人？是培养成功的人，还是幸福的人？而他只希望在美国的孩子能在自由、开心的环境中成长。归根结底，孩子是一个有独立人格、独立思考的人，你必须尊重他。

是的，这世界上最快乐的人，并不是最成功的人。请问，你要快乐，还是要成功？

重"理"还是重"论"

西方教育重说理，中国教育重结论。

有一次，苏格拉底与一位青年学生讨论道德问题：

苏格拉底："人人都说要做有道德的人，你能不能告诉我什么是道德呢？"

青年学生："做人要忠诚老实，不能欺骗人，这是大家都公认的道德行为。"

苏格拉底："你说道德就是不能欺骗人，那么在和敌人交战的时候，我方的将领为了战胜敌人，取得胜利，总是想尽一切办法欺骗和迷惑敌人，这种欺骗是不是道德的呢？"

青年学生："对敌人进行欺骗当然是符合道德的，但欺骗自己人就是不道德的了。"

苏格拉底："在我军和敌人作战时，我军被包围了，处境困难，士气低落。我军将领为了鼓舞士气，组织突围，就欺骗士兵说，我们的援军马上就到，大家努力突围出去。结果士气大振，突围成功。你能说将军欺骗自己的士兵是不道德的吗？"

青年学生："那是在战争的情况下，战争情况是一种特殊的情况。我们在日常生活中不能欺骗。"

苏格拉底："在日常生活中，我们常常会遇到这种情况，儿子生病了，父亲拿来药儿子又不愿意吃。于是，父亲就欺骗儿子说，这不是药，是一种好吃的东西，儿子吃了药病就好了。你说这种欺骗是不道德的吗？"

青年学生："这种欺骗是符合道德的。"

苏格拉底又问道："不骗人是道德的，骗人也是道德的，那么什么才是道德呢？"

那位青年回答说："你把我弄糊涂了，以前我还知道什么是道德，我现在不知道什么是道德了。那么您能不能告诉我什么才是道德呢？"

《沉思的苏格拉底》 雕塑

　　重说理的教育是一种辩论和协商式教育，一种对话式、讨论式、启发式的教育，如苏格拉底那样，通过向学生提问，不断揭露对方回答问题中的矛盾，尊重说理的逻辑，引导学生总结出一般性的结论。说理真正的用途和目的在于获得关于事物的正确观念，对事物做出正确判断，区分出真与假、是与非。　反观国内教育，更多是填鸭式的教育或提供结论式答案。　在只给学生答案而不着力培养学生提问能力和批判怀疑能力的过程中，学生渐渐失去了思考的能力。　这样培养出来的人，将是臣民而不是公民，是单向度的大众，而不是独立的个体；是民粹，不是民主；是以集体的方式进入历史，而不是以个体的方式进入历史；这样的人不再有能力去追求，甚至也不再有能力去想象与现实生活不同的另一种可能世界的生活。

成才还是成材

是把自己的孩子培养成为有着人文素养、独立思考的人才，还是成为唯分数和目标论引导下，只为找到一份好工作，配合意识形态需要和社会所需的"工具性"之材？这是现代教育工作者和家长不得不需要面对和思考的。遗憾的是，由于如今社会的急功近利，多年的应试教育，意识形态长期的宣传，它们所形成的强大惯性，促使填鸭式的教育"成材"依旧在各中小学盛行，而这种环境中培养出来的工具性之"材"，学生自身的素质并没有多少提高，反而让其自身失去了独立思考的能力。

网络上曾流传中西方老师在上《灰姑娘》课文时的差异。

西方版的老师上课是这样的。老师先请一个孩子上台给同学讲一讲这个故事。孩子很快讲完了，老师对他表示了感谢，然后开始向全班提问。

老师：你们喜欢故事里面的哪一个？不喜欢哪一个？为什么？

学生：喜欢辛黛瑞拉（灰姑娘），还有王子，不喜欢她的后妈和后妈带来的姐姐。辛黛瑞拉善良、可爱、漂亮。后妈和姐姐对辛黛瑞拉不好。

……

老师：如果你是辛黛瑞拉的后妈，你会不会阻止辛黛瑞拉去参加王子的舞会？你们一定要诚实哟！

学生：（过了一会儿，有孩子举手回答）是的，如果我辛黛瑞拉的后妈，我也会阻止她去参加王子的舞会。

老师：为什么？

学生：因为，因为我爱自己的女儿，我希望自己的女儿当上王后。

老师：是的，所以，我们看到的后妈好像都是不好的人，她们只是对别人不够好，可是她们对自己的孩子却很好，你们明白了吗？她们不是坏人，只是她们还不能够像爱自己的孩子一样去爱其他的孩子。

……

老师：请你们想一想，如果辛黛瑞拉因为后妈不愿意她参加舞会就放弃了机会，她可能成为王子的新娘吗？

学生：不会！ 那样的话，她就不会到舞会上，不会被王子遇到，认识和爱上她了。

老师：对极了！ 如果辛黛瑞拉不想参加舞会，就是她的后妈没有阻止，甚至支持她去，也是没有用的，是谁决定她要去参加王子的舞会？

学生：她自己。

老师：所以，孩子们，就是辛黛瑞拉没有妈妈爱她，她的后妈不爱她，这也不能够让她不爱自己。 就是因为她爱自己，她才可能去寻找自己希望得到的东西。 如果你们当中有人觉得没有人爱，或者像辛黛瑞拉一样有一个不爱她的后妈，你们要怎么样？

学生：要爱自己！

……

老师：最后一个问题，这个故事有什么不合理的地方？

学生：（过了好一会）午夜 12 点以后所有的东西都要变回原样，可是，辛黛瑞拉的水晶鞋没有变回去。

老师：天哪，你们太棒了！ 你们看，就是伟大的作家也有出错的时候，所以，出错不是什么可怕的事情。 我担保，如果你们当中谁将来要当作家，一定比这个作家更棒！ 你们相信吗？

孩子们欢呼雀跃。

中国版的《灰姑娘》上课是这样的：

老师：今天上课，我们讲灰姑娘的故事。 大家单词都抄了几遍，都应该熟悉了，课文都预习了吗？

学生：这还要预习？ 老得掉渣了。

老师：灰姑娘故事是格林童话还是安徒生童话？ 他的作者是谁？ 哪年出生？ 作者生平事迹如何？

学生：……书上不都写了吗？

老师：这故事的重大意义是什么？

学生：得，这肯定要考的了。

老师：好，开始讲课文。 谁先给分个段，并说明一下这么分段的理由。

学生：前后各一段，中间一段，总分总……

老师：开始讲课了，大家认真听讲。

学生：已经开始好久了……

老师：说到这里，大家注意这句话。 这句话是个比喻句，是明喻还是暗喻？ 作者为什么这么写？

学生 N 人开始睡觉……

老师：大家注意这个词，我如果换成另外一个词，为什么不如作者的好？

学生又 N 人开始睡觉……

老师：大家有没有注意到，这段话如果和那段话位置换一换，行不行？ 为什么？

学生：我又不是你，我怎么会注意到啊？ （又 N 人开始睡觉……）

老师：怎么这么多人睡觉啊？ 你们要知道，不好好上课就不能考好成绩，不能考好成绩就不能上大学，不能上大学就不能……你们要明白这些做人的道理。

　　上述中、西教师在讲灰姑娘故事中的不同取向，正反映了双方在教育模式上的差异，即前者尊重孩子的自主和独立思考能力，侧重人文知识的传递，后者把人当作工具，直接把自己的成年经验和教学大纲硬塞给孩子，侧重工具性知识的传递，如段落的划分、单词的抄写、修辞手法的区分以及已设定好的主题思想的归纳。

重基础还是重应用

欧洲大学的教育理念是建立在英国亨利·纽曼、德国冯·洪堡等教育家的教育理念之基础上的。

19世纪英国教育家亨利·纽曼在《大学的理念》一书中强调了大学主要是重在传播和推广知识，而不是急着应用知识。他从词源学的角度解释大学的教育功能，因为大学这个词 university 含有 universal（普遍）的词根，这意味着大学主要是平等地、完整地传授各种经过时间检验的知识，否则这样传授出去的知识不是一种普遍性的知识。从这个意义上说，大学的教育应是一种知性训练，应是理智地训练和传授一种对各个阶层平等的、普遍性的知识，而不应一开始就设置某种带有意识形态化的党化教育和带有某一集团阶层倾向的道德教化教育，因为大学教育不是为了服务于某一意识形态和某一政党集团而存在。这种教育理念因强调普遍性的知识，所以，同样对当下流行的未经时间检验的知识也持谨慎态度。一句话，按照这种教育理念，大学应侧重于经典知识的传播，而不是时髦话题和对当下应用性很强的知识的讲授。这也就是马克思在耶拿大学哲学系申请博士学位的博士论文是《德谟克利特的自然哲学和伊壁鸠鲁的自然哲学的差别》而不是《共产党宣言》的原因，虽然《共产党宣言》在应用方面对人类社会产生了巨大的影响。

20世纪德国教育家冯·洪堡的教育理念与亨利·纽曼也差不多。冯·洪堡创建了柏林大学。他所倡导的现代大学理念更强调大学在保存知识基础上还要发现知识和传播知识。他所确立的大学自治、学术自由、教授治校、教育与研究相统一原则至今仍成为世界著名高校治校理念的基石。 他反对把大学的研究与政府的眼前利益联系起来，认为大学的教育功能远大于"服务社会"这一职能，因为大学有一种其他研究机构做不了的使命，就是"长线研究"和基础研究。

在当前，中国大学出现了轻基础研究而重视应用研究的倾向。如中国大学对古典学科建设的轻视（包括对古典语言的轻视）。"古典"包含了时间上的"古老"和品质上的"典范"。 根据《说文解字》，"古"就是"故"，是"识前言者"；"典"则是"五帝之书也，从册在丌上，尊阁之也"。 西方的综合性大学和学院大多设有以传授历代经典为学业的本科建制的博雅学院（College of liberal Arts）和通识教育制度，但在中国，大学没有这样的博雅学院，大学只有分门别类的学科壁垒下的文学系、哲学系、历史系、外语系等；如今的中国大学越来越重视开设旅游文化、文化产业等应用性较强的科系；中国的大学也正兴起建设智库的热潮，高校以服务于政府提出的各样当前社会问题进行对策研究而自豪。 在当前中国，大学服务于社会建设不是不好，但大学教育对应于社会需要是否太直接了些？ 中国大学应该把更多精力放在基础研究而不是应用研究尤其对策研究上，也就是说，大学的教育功能设置首先是基础研究和创新，有了基础研究和创新，才有可能谈到人才培养和教育，有了人才培养和教育，才最终能够达到服务于社会的目的。

若一个国家的大学过于重视应用研究和对策研究，而轻视基础研究，其应用研究和对策研究也会走不了多远。 因为缺少理论的指导，所有的应用研究和对策研究就缺少原理性的指导和远视的能力，就如没有电磁理论，就不可能有电和无线通信，没有牛顿的万有引力定律，就不会有载人航天，没有巴斯德发现微生物，就不会有今天的疫苗。 同样，在公共领域，若缺少理论的研究，在面对具体问题讨论时，公众往往谩骂和情绪式表态的多，而对具体问题冷峻深入分析的少，原因是没有经过知性的训练，他们往往连概念的内涵和外延、讨论所需具备的公共理性都弄不清楚，甚至他们连基础事实和普世价值都习焉不察，讨论中出现鱼目混珠、偷梁换柱等现象更是比比皆是。有了理论的扎实研究，有些问题就很清楚，就不需要在网上硝烟四起地吵来吵去。比如对爱国与爱朝廷的区别，梁启超早已对这一问题有深入考察，"今夫国家者，全国人之公产也。朝廷者，一姓之私业也。国家之运祚甚长，而一姓之兴替甚短。国家之面积甚大，而一姓之位置甚微。"

没有了基础研究，学术和知识的传承也将得不到有效保障，因为所有的讨论和解释都必须建立在整全的、第一手的资料上。而中国大学对应用研究和对策研究的热衷，将使大学越来越陷入金钱、利益的纠葛，终使大学越来越浮躁，陷入短期化的行为，最终将使自己忘记大学的本来使命。

西方的个体与中国的集体

　　西方的教育偏重于个体教育，所以对个体比较尊重。 西方人的个体意识也很强，大学生在读大学期间可以自己出去打工，或在大学期间申请奖学金，等毕业工作后还款，他们不需要家里人资助。等这些年轻人将来工作和结婚了，他们同样不需要尽赡养老人的义务。

　　西方对个体的尊重也表现在课堂上。 在课堂上老师和学生是平等的，而且老师也很鼓励学生发言讨论，也就是所谓的课堂参与，如果一节课中没有大量时间的课堂讨论，让更多的学生参与发言、辩论，很难想象这个老师的教学得到学校和学生的认可。

　　西方教育中对个体尊重所形成的教育理念，自然影响学生的人生观和价值观，影响他们将来大学毕业后在社会上的为人处世，那就是保护自身的权利和利益，不得随意侵犯他人的权利和空间，尊重每个个体的存在价值。

　　相较于西方教育重视个体，中国的教育则偏向于集体主义教育。 无论传统儒家的以家、国、天下归正个人的理想——所谓齐家、治国、平天下，还是当代的要求学生关心集体、以集体利益为重的集体主义教育，无非要求学生牺牲小我，成全"大我"。 这一"大我"或是家庭、单位，或是集团、党派、国家。 在这一集体主义教育下，我的理想变成了或为天下之忧——"先天下之忧而忧，后天下而乐而乐"，或为民族崛起而奋斗，或为国家做奉献，很少去关注身边一个个具体的人。

有这样一个有趣的故事发生在我身边。

在汉口路的鼓楼校区，一段时期有一个老伯几乎每天都拉着二胡在校门口的路边卖艺。 这引起了一个外国留学生的注意。 他了解了这个老伯的情况后，决定在他住的附近即外国留学生楼门前给老伯组织一次卖艺。 他跟老伯说，第二天下午 3 点半请他到学校外国留学生楼门前空地上专门举行二胡独奏会，他会跟住在那里的外国留学生说的，让他们在那个时间段打开窗户，聆听楼下他的二胡演奏，演奏结束后，大家集体为他募捐。 这个事情不知怎么传到了学校领导那里。 学校领导就与那位外国留学生交涉，认为此举不妥。 学校认为，这是大学，是教育的地方，不是卖艺的地方，学校担心，若这个老头在那里艺演成功将会吸引更多的人到那里卖艺。学校甚至对那个留学生说，你帮助了这一个又怎么样，中国还有许多许多情况类似的这样的人存在，你的帮助如杯水车薪，是无济于事的。 那个留学生认为，这是一次私人性的事件，在那里义演也不是经常发生，外国留学生楼位在生活区，不是在教学区，在那里艺演不会影响学校的教学。 这个外国留学生也承认，他确实无法帮助更多与这个老头情况类似的其他人，但对他来说，若真的能实际帮助到这一老伯就够了。 由于这个外国留学生坚持要帮助那个卖艺的老伯，而学校又不希望把这个事情闹大，怕影响学校形象，但又不想就此算了，双方就一直僵在那里。 这事被当地公安部门知道了，公安部门对学校领导说，这事好办，不让这个卖艺老伯第二天出现在外国留学生楼门前不就行了。 果然，第二天下午三点半，那个卖艺的老伯没有如期赴约，而那些外国留学生不明就里，一直在那里等待他的演出。

学校与外国留学生在对待一个卖艺老人态度上的不同正折射出了中西方观念上的差异，是重视一个个具体的人，还是重视集体与社会。 对中方而言，帮助一个卖艺的老伯是没多大意义的，因为还有很多其他情况类似的老伯的问题没有解决，其背后的潜台词是：

要帮助可以，但帮助的对象不能仅限在一个个具体的人，要优先帮助的是集体和社会，若集体和社会的问题没有解决，帮助一个个具体的人就没多大意义。　中方的逻辑让我想起了另一个故事。　这个故事的内容是这样的：在沙滩的浅水洼里，有许多小鱼。　它们被困在水洼里，回不了大海。　被困的小鱼，也许有几百条，甚至有几千条。　用不了多久，浅水洼里的水就会被沙粒吸干，被太阳蒸干，这些小鱼都会干死。　在沙滩上有一个小男孩，他走得很慢，不停地在每个水洼前弯下腰去，捡起里面的小鱼，用力地把它们扔回大海。一个成年人走过来，不屑地说："沙滩上有这么多鱼，就凭你，能救几条？　你是捡不完的。""我知道。"小男孩头也不抬地回答。"那你为什么还在捡？　谁在乎呢？"小男孩捧着鱼，坚定地说："这条在乎！"男孩一边回答，一边把一条鱼扔进大海。　他不停地捡鱼扔鱼，不停地叨念着："这条在乎，这条也在乎！　还有这一条、这一条、这一条……"

中英两国的小学生守则

先看我们最熟悉的新版的中国小学生守则，共 10 条：1. 热爱祖国，热爱人民，热爱中国共产党。 2. 遵守法律法规，增强法律意识。 遵守校规校纪，遵守社会公德。 3. 热爱科学，努力学习，勤思好问，乐于探究，积极参加社会实践和有益的活动。 4. 珍爱生命，注意安全，锻炼身体，讲究卫生。 5. 自尊自爱，自信自强，生活习惯文明健康。 6. 积极参加劳动，勤俭朴素，自己能做的事自己做。7. 孝敬父母，尊敬师长，礼貌待人。 8. 热爱集体，团结同学，互相帮助，关心他人。 9. 诚实守信，言行一致，知错就改，有责任心。10. 热爱大自然，爱护自然环境。

再看英国小学生守则，也是 10 条：1. 平安成长比成功更重要。2. 背心、裤衩覆盖的地方不许别人摸。 3. 生命第一，财产第二。4. 小秘密要告诉妈妈。 5. 不喝陌生人的饮料，不吃陌生人的糖果。6. 不与陌生人说话。 7. 遇到危险可以打破玻璃，破坏家具。 8. 遇到危险可以自己先跑。 9. 不保守坏人的秘密。 10. 坏人可以骗。

中国的小学生守则内容恢弘，涉及祖国、人民、党派、法律、环境、劳动、卫生、礼仪、诚信，所用的词汇也是"高大上"：祖国、人民、集体、公德、法律、法规、生命、大自然，这些词汇对小学生来说，理解起来有些困难，这些守则也没有教导在怎样情况下该怎么做，执行起来也有点无所适从。 英国的小学生守则从小孩子视角强调怎样保护自己，尤其遇到坏人、陌生人和危险该怎么办，重视行为的可操作性和自身生命的安全。

中国也有具体的《小学生日常行为规范》，共 20 条。 编订者希望借助这些烦琐的日常行为规范要求小学生从小处着眼，从具体行为习惯养成入手，通过这方面的操作从而让小学生树立正确的理想信念，养成良好的行为习惯，促进身心的健康发展。 但编订者不是从小孩子视角去制订，而是从大人角度寄希望于孩子，希望孩子长成什么样，所以更多是从思想和伦理道德来要求小学生的，这些思想和伦理道德其实大多对大人也适用。 比如：第 1 条尊敬国旗、国徽，会唱国歌；第 4 条尊老爱幼，平等待人；第 5 条待人有礼貌，说话文明，讲普通话；第 6 条诚实守信，不说谎话，知错就改；第 7 条虚心学习别人的长处和优点，不嫉妒别人；第 15 条爱护公物；第 16 条积极参加集体活动；第 17 条遵守交通法规；第 18 条遵守公共秩序。 虽然行为规范第 19 条提到"珍爱生命，注意安全"，也提到"防火、防溺水、防触电、防盗、防中毒，不做有危险的游戏"，但内容很空洞，没有给出在某一具体语境下的具体操作，不像英国小学生守则中提到的面对陌生人和坏人时，要具体注意些什么，遇到危险该怎样反应，身体哪些部位不可以让别人触摸。 而守则的最后一条第 20 条提到的"敢于斗争，遇到坏人坏事主动报告"似乎有重伦理道德轻生命权的倾向，英国的小学生守则则要求"遇到危险可以自己先跑"，而不是遇到坏人坏事"敢于斗争"，可能是英国编订者考虑到孩子还小，无论在心智和身体方面都还不具备与坏人搏斗的能力，所以先保护自己为上。

中国小学生守则中内容和词汇的"高大上"反映了我们的一种教育观，关注道德思想的教育，而不重视儿童视角，不考虑幼小心灵接受的能力。 这种"高大上"的教育观在我 4 岁的女儿身上也发生过。 当时她在幼儿园读中班，正逢国庆放假，学校要求小朋友假期过后每人必须上交一幅绘画，绘画的主题是"我爱北京天安门"。对我 4 岁的女儿来说，她没法爱上北京天安门，她不知道天安门在哪里，天安门长成什么形状，即使有图片给她看，对她来说，天安门是一个遥不可及的地方。 对她来说，画一个"我爱棒棒糖"可能更有感觉，因为这是她真实的个体感受，而且她确实喜欢棒棒糖，也亲自品尝过、触摸过，反而那些宏大的概念，比如祖国、天安门已超过了她幼小心灵的接受和理解的能力。

当幼小的心灵跟不上"高大全"的思想道德教育而不得不要进行这方面表达时，假大空的作文写作在小学中流行就在情理之中了。 记得我读小学时也经常响应语文老师的号召，常在我的作文末尾添上一句："啊，祖国我爱你"，虽然那时我不太理解祖国的内涵是什么，但我还是要把它写上。 这样的写作久而久之，连自己对里面存在的问题也习焉不察了。 网上曾广传那小兵的一篇文章《亲历香港与美国的国民教育》，在这篇文章中他提到他把在大陆"高大全"的写作习惯带到了香港，遭到了香港老师的批评。 他说，有一次作文题目是《我最喜欢的地方》，他选的是"长城是我最喜欢的地方"，结果写好后这篇作文让班里给点名批评了，教作文的老先生点评说："长城不是地方，那是保卫国家的工事，你只能说八达岭是你最喜欢的旅游地点"，然后，他继续挑了许多毛病："你说长城是伟大祖国的象征，但你给不出证据，一个劳民伤财的军事工程，一个把中国人围起来的墙，没有作用，没有意义"，他当时简直无法相信自己的耳朵，忙问"为什么？"因为在他心目中，长城作为伟大祖国的象征从小就是这样被思想道德教育的，他也很少去问个为什么。 后来，期末考试也出了同样这个作文考题——《你最喜欢的地方》，他思前想后，写了篇带有真情实感的作文：《香港是我最喜欢的地方》。 这篇作文中这样写道："我来到香港最深刻的感觉是佩服与羡慕，比如，香港摊贩卖橘子按个卖，不按斤卖，这样就不会被恶意用秤砣偷斤少两，这象征着香港的商业智慧与文明"。 这次作文评语是："以小见大，进步可喜；欢迎你进入香港社会"。

西方大学的普及教育

在美国许多艺术学院不颁学位，招生没有年龄限制，只是兴趣教育。有些艺术学院挤满中老年人，尤其是妇女——艺术面前人人平等。中国还没有类似这样的学院，社会上喜爱艺术的中老年人，终生无缘接受艺术教育。至多是在退休后参加一些中老年书画艺术班。我所在的法国北部的阿尔多瓦大学的孔子学院和外国语学院都是向社会开放的。这所外国语学院主要是学习汉语、西班牙语和德语。我任教的汉语班上就有一个最大的女儿已18岁的中年家庭妇女。她丈夫是一个医生，她是三个孩子的母亲。她跟大三的学生一起上课，修学分，修满学分可以拿到毕业证书。我给这一年级所教的课是商贸汉语、时事阅读及中文写作。这位年已40多岁的母亲学习成绩不是很好，在写作时经常主谓宾颠倒，词汇量也不够多，并常有错别字。但她热爱中国文化，所以凭着对中国文化和中国字的热爱，一直坚持学习到现在。

阿尔多瓦大学的孔子学院也向社会开放。在孔子学院学习中文和中国文化的有法国中学老师、企业员工、政府机关公务员等。年龄大都在四十岁以上，有的已是古稀之年。他们只要交很少的钱，就可以学习中文，并且可以报名参加各式的与中国文化有关的兴趣班，比如古琴班、书法班、太极拳班等。这些市民还可以在阿尔多瓦大学图书馆借书。

遗憾的是，在中国，大学的普及教育只能在大学生中进行，还没有普及到市民。大学的图书馆也没有向社区和市民开放。这对拥

阿尔多瓦大学校园一角

有很多教学资源的大学来说是一种浪费，对在知识和文化上有所追求的市民来说是一种很大的损失。

报刊曾报道 2008 年复旦破格招录一个高中学历的骑三轮车的蔡伟为博士生。 蔡伟成了我国恢复学位制度后，第一个以高中学历报考复旦大学博士的学生。 由于蔡伟"偏才"，英语很差，按正常考试不可能过考试这一关，因着他在古文字方面的特殊天赋，他有机会进入了大学深造，但这样的人毕竟少数，更多有兴趣欲进大学读书的人被中国大学拒之门外。

我惊讶于法国的中学老师文化修养和外语水平之高，在我认识的三个法国中学老师中，Serge、萨维娜以及王太太，他们都至少精通三门以上外语。 如今我渐渐明白了，一方面是因为法国中学老师社会声誉比较好，社会对他们要求也比较高，所以他们要不断地提高自己的素养，只有这样，他们才能担负起培养法国下一代智力精英的重任，而提高自身修养的一个重要途径就是继续在大学读书。

法国的大学是向法国中学老师等社会人士开放的，他们可以凭着兴趣在大学里"充电"、进修，不拿学位，继续在自己感兴趣的领域里"潜水"，甚至从事学术研究。

重个人体验的国外艺术教育

在国外经常看到很多小朋友在老师带领下去博物馆，一方面了解历史名人，另一方面从小熟悉艺术经典。我就曾在法国奥赛博物馆、先贤祠看到很多学生围在介绍的历史名人前做作业，也看到博物馆的管理员在名画前给小朋友讲解艺术的奥秘。

在巴黎先贤祠内寻找答案的小朋友

他们这样做是对的，因为眼力是通过接触自然得以锻炼，艺术创作和欣赏水平则需要个人通过长期艺术经验积累和获得才能提高。比如画太阳和蚂蚁，一种创作方式是在室内按照教科书和老师提供的画作，进行模仿创作；另一种去室外，直接从自然中去感受太阳的温度、线条和色彩，通过观察蚂蚁，了解蚂蚁的形状，并把它表现出来。 西方的艺术教育更倾向于后者。 有些报道总结了西方艺术教育的特征：它是一种尝试性的，先让学生自己在实践中尝试，在尝试中体验，在体验中发现难点和规律，然后在解决难点中积累经验，最后，得出结论，那是真正属于自己研究的成果。 中国的艺术教育更偏向于前一种，是一种灌输式的，老师先将成人的经验告知学生，让学生按已有成功经验去操作，并按部就班进行，学生在老师经验的指导下学习、实践。 同样，学生也可以得出自己的结论，但是往往很难跳出已有的固定模式。

糟糕的是，本该重个人体验的艺术教育被蜕变为一种重知识和答案的教条化教育后，它带给我们最大的伤害就是我们感受力的降低。 在这种灌输式艺术教育中，我们只要求与老师提供的标准答案相一致，我们不需要感受，我们只需要精确的答案和冷冰冰的知识；对于老师和家长给出的规则，我们被要求的也是服从和遵守，至于你本人在服从和遵守过程中的情感需求，老师和家长往往是不太在意的。

塞尚的静物画

当我们渐渐丧失感觉后，我们对事物的反应也不会精确地表达自身的感受了。 当别人问你对这件事有什么感受时，我们总是下意识地表达为：我想、我认为、我知道……我想的，总是比我感受的多。

当我们感受的能力慢慢退化了，我们还能写诗、画画吗？ 我们还能在轻柔的笔触中去描绘一只美丽的桃子，或者表现一个散发着凄凉感的干瘪苹果吗？ 我们还能在塞尚的水果静物画中，感受到它们正在交流对暗夜的共同畏惧，对阳光的共同爱恋，对露水的共同记忆吗？ 失去了感觉，我们如何在经验中找回事物存在的品质呢？

玩耍与人的健康成长

　　人总是喜欢玩的。 玩耍实际上是人的天性，是孩子的天性，也是孩子们的权利。 对于孩子的成长，玩耍与学习读写或做算术一样重要！ 而教育的作用就是如何诱导、刺激和引导小孩子的好奇心。在西方，小学阶段以玩为主。 在中国，小学阶段，孩子就进入了填鸭式、题海式和思想品德教育当中。

法国学生在阿哈斯广场玩耍

　　韩国教授高英根在研究中国大陆中小学生政治社会化课题后认为，"大陆中小学教育制度下，任何一门课的教材都会或多或少地包含着政治教育的意义，即通过每门教材使中小学生形成共产主义的价值观。"此乃教材编写的一大原则，而不是遵循儿童好玩、快乐和有趣的原则。 家长也同样不让孩子把更多时间花在玩耍上，而是让孩子从小把知识"武装"到牙齿，从参加各种幼小衔接班，到艺术类的绘画、弹钢琴，以及各种奥数培训。 按照心理学家的研究，在 14 岁左右以前，由于人的大脑发育不成熟，理解力和接受力相当有限，不宜于承担过重的学习负担。 这段时间应让儿童在宽松的环境中自由自在地成长，在玩耍中学习，保护他们天性中的好奇心和想象力，让他们充分地感受生活，积累对自然的认识。

四岁女儿在罗马城玩耍（**2010 年**）

　　儿童若在孩子阶段没有很好地玩耍，会对他们的成长带来以下几个负面的影响：

　　人与自然深度关系无法建立，同时影响他以后的创造力和好奇心。一个人的一生中儿童时期是建立自身与自然关系最重要的时期，是一个人观察自然，了解世界的一个自然而重要的阶段。在这个期间发生的许多外部事件对儿童都是第一次，他们都觉得十分的新奇，会让儿童在脑子里产生千千万万个为什么。他们对事物没有固定的概念、既定的反应，他们在一个没有负担、宽松的自然环境中，可以从容地像牛顿一样站在大树下沉思"为什么苹果往下掉而不是往上掉"，像瓦特一样在日常生活中目不转睛地盯着火炉琢磨"壶盖为什么会动"。我们很难想象在"超负荷"、强迫式的、疲于奔命的学习环境中，中国孩子还有闲暇和兴致来提问这些问题。

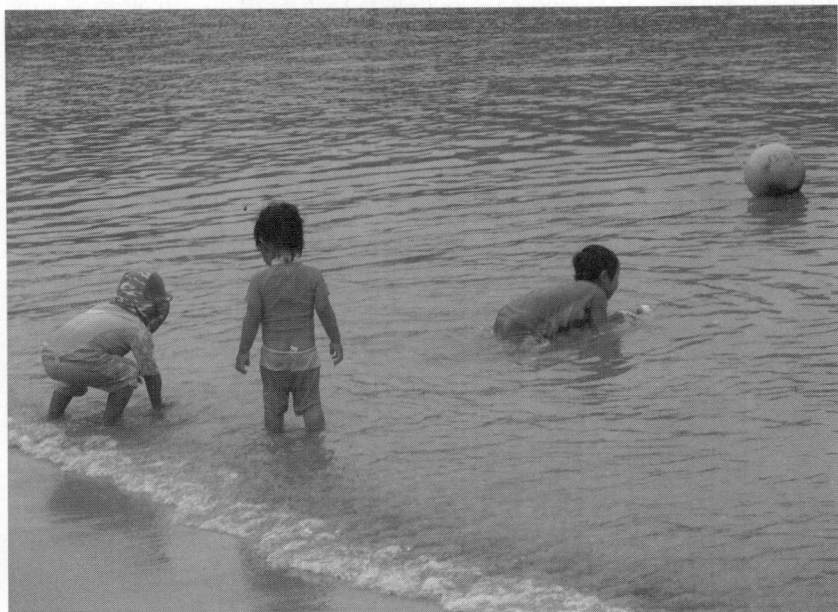

小孩在玩耍

　　过早透支和预支了对未来的学习热情和激情，结果随着年龄的增长，对读书的渴望和激情在下降，甚至出现严重的厌学倾向。美国小学和初中都给予学生很多玩耍时间，只是到了高中以后，美国学生的学习压力开始加大。 孩童时期，本应是玩耍时期，因为那时大脑发育不大成熟，理解力和接受力相当有限，不宜于承担过重的学习，若这一时期过多对他们提出学习要求，进行灌输式、题海式的教育，极易导致他们对学习的反感。 而到了高中之后西方开始强化学生学习，是因为西方教育家相信 15 至 25 岁才是人类理解力和接受力的高峰期。

小时候不懂得玩耍，影响了将来更好地品尝和享受生活。 一个人若以童心观察世界，就会感觉这个世界生机勃勃，生活满是好玩。我们怎能指望一个从小就失去"童心"的人长大了还能用"童心"观察世界和享受世界呢？ 丰子恺在《谈自己的画》中曾称："成人的世界，因为受实际的生活和世间的习惯的限制，所以非常狭小苦闷。孩子们的世界不受这种限制，因此非常广大自由。""我企慕他们的生活天真，艳羡他们的世界广大。 觉得孩子们都有大丈夫气，大人比起他们来，个个都虚伪卑怯；又觉得人世各种伟大的事业，不是那虚伪卑怯的大人们所能致，都是具有孩子们似的大丈夫气的人所建设的。"遗憾的是，丰子恺所羡慕的世界广大、生活天真、具有童心的孩子如今在填鸭式、题海式的教育模式运作下其命运岌岌可危。

法国会考的哲学作文与中国的高考作文

每年中国高考（6 月 7—9 日）过后不久，就是法国的中学毕业会考（6 月 18—23 日）了。 法国中学毕业会考的重要性绝不亚于中国的高考，因为成绩如何同样会决定他们的人生和职业何去何从。中国每年的高考都牵动着 9 百来万考生父母的心肠，而法国会考则关系到 60 来万法国学生人生的抉择。 中国高考第一天考语文作文，法国会考第一天不写语文作文，而是考哲学作文。 对法国学生来说，不论是主修文科、社会科学还是理科的，都要写一篇哲学作文，但各科的哲学作文题目不一样。 对中国学生来说，不管是考理科还是文科（没有社会科学），都要写高考作文，若他们属于同一省，无论他们是考理科还是考文科，他们的作文题目都是一样的。

中国的高考作文题各省市差异很大，大略可分成几类，但总体上无论是历时还是共时来看，作文题目的时代性较强。 改革开放 30 多年，高考作文命题思路也发生了几次变化，基本还是偏向于与时事、与现实结合。 具体来说，上个世纪 80 年代作文主题是忧国忧民，抒写时代新意；到了 90 年代，作文题目在关注道德的同时（如1991 年的《近墨者黑，近墨者未必黑》，1997 年的《助人为乐还是悄悄走开》），也开始考查学生的辩证思维。 我是 1990 年参加高考的，当时的题目是《玫瑰花的刺与花》，结果这个题目把我搞懵了，当年语文成绩考得不理想。 2000 年以后，高考的作文题目趋向多元化，已突破"政治正确"和道德至上的唯意识形态，但在命题内容上同样趋向于社会问题与个人生活相结合，尤其强调树立正确的人生

法国阿哈斯一中学的教学楼

理念。 道德、现实、思辨、正确的人生观，是这几十年高考作文给
考生所定的框架，考生再怎么有才，长袖善舞，但也必须带着镣铐跳
舞。 高考作文题目虽很好地继承了"文章为天下先"、文为时而作
的传统，但苦了那些有自己独立思考和独到感受力的考生，因为他

们在写高考作文时必须面对一个抉择：是为时而写，还是为心而写？可惜，高考作文不太重视内心情感的表达，更加重视"正确"的人生观。

作文体量虽小，但对考生前途影响甚大，所以在中国第一天高考考试中语文作文题目的曝光成为时人热议的话题，原因是占 60 分的作文，若题目出得不好或不合考生口味，就会影响考生作文的发挥，而一个考生高考作文写作的成败很大程度上决定着他或她语文成绩的好坏，甚至最终影响他或她能否考上大学。

中国高考作文题目中涉及辩证思维或具哲学意味的，在法国会考的哲学作文题目面前，"哲学味"就显得不够浓了。 比如 2010 年山东卷"人生的一切变化，一切都有魅力，一切都是由光明和阴影构成的"、四川卷"一个点可以构成一条线，可以构成一个平面，最后构成立体"、安徽卷"深处种菱浅种稻，不深不浅种荷花"、湖北卷"幻想是快乐的源泉"；2013 年四川卷"过一种平衡的生活"、江苏卷"探险家与蝴蝶"、辽宁卷"沙子和珍珠"、安徽卷"为什么能或不能这样"、湖北卷"上善若水任方圆 "等素材也不乏哲学涵意。再看 2010 年法国的哲学作文题：

文科(série littéraire)，以下 3 题，(1)和(2)任选其一：

(1) La recherche de la vérité peut-elle être désintéressée?

对于真理(相)的追求是否可能没有利害关系？

(2)Faut-il oublier le passé pour se donner un avenir?

为了给自己一个未来，是否应该忘记过去？

(3) Expliquer un extrait de la "Somme théologique"de Thomas d'Aquin

解释托马斯·阿奎那《神学大全》的节录。

经济社会科(série économique et sociale) ，以下 3 题，(1)和

（2）任选其一：

（1）Une vérité scientifique peut-elle être dangereuse?

某些科学真理是不是有可能是危险的？

（2）Le rôle de l'historien est-il de juger?

历史学家的作用是否是评判？

（3）Expliquer un extrait de "L'éducation morale" de Durkheim

解释杜尔凯姆《道德教育》节录。

理科（série scientifique），以下3题，（1）和（2）任选其一：

（1）L'art peut-il se passer de règles?

艺术是否可能避免（不要）规则？

（2）Dépend-il de nous d'être heureux?

快乐取决于我们吗？

（3）Expliquer un extrait du "Léviathan" de Hobbes

解释霍布斯《利维坦》节录。

除了作文命题之外，法国会考的哲学作文在写作方式上更接近哲思，在写作时间上也给予考生足够的时间思考。法国的哲学作文要求引用哲学家经典论述，不一定要与时事挂钩。法国的哲学作文在长达四个小时的笔试中，考生完成一篇小型论说文与一篇哲学文章的简评就可以，所以小型论说文可以写3个小时。举例来说，2010年科学组考生的哲学试题就是在（一）"艺术是否可能超越一切规范，不受限制？"与（二）"幸福与快乐是否真的决定在己？"之间选一题，加以论述，其后再针对节选自霍布斯（Thomas Hobbes）《利维坦》的部分，撰写心得体会。

法国学生之所以对如此深奥的哲学命题可以进行长达3小时的思考和写作，主要归功于平时哲学课的训练以及法文的写作训练。

法国学生在 17 岁时要考法文，18 岁即高中最后一年时要必修一学年的哲学课。 教哲学的老师上课时一般没有固定的教材，有时也会教欧洲哲学史。 哲学老师主要教学生怎样独立思考，比如什么是艺术？ 什么是哲学？ 中外一些哲学家是如何理解艺术的，你又是如何理解的？ 而中国高考作文的时间大概占整个考试时间的一至一个半小时，写作也着重联系现实生活，抒发一点对生活的小感想。

现行中国教育体制的缺失

在 2010 年上半年我逗留法国期间，我四岁的女儿很喜欢去我居住城市附近的书店看书，不仅仅因为这些书的内容适合她，而且这些书装帧设计所带来的美观也打动她。 有时候，她在书店里一个人坐在那里看书，一看就是一个下午，比如看朵拉（dora）系列。 看着她这么喜欢外国儿童书籍，我想，在中国什么时候也能像国外那样给孩子营造一个良好的读书空间和生产装帧非常漂亮美观的书籍呢？

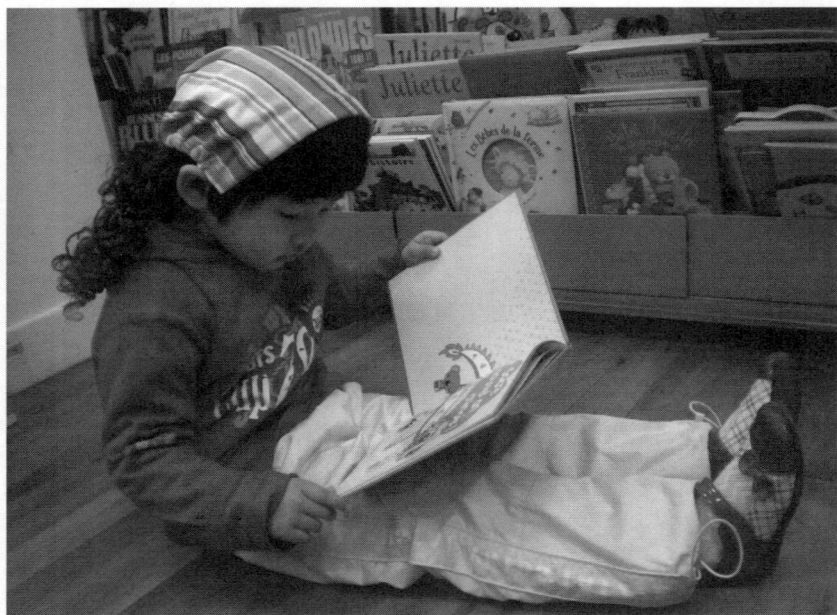

四岁女儿在法国阿哈斯书店看书

无独有偶，国内越来越多的教育有识人士意识到了这一点。2010 年 10 月 7 日，《救救孩子：小学语文教材批判》一书发布会在杭州晓风书店举行。该书对目前使用最广的小学语文教材包括涉及母亲与母爱的文章进行了点评，认为小学语文存在"四大缺失"：经典的缺失、儿童视角的缺失、快乐的缺失和事实的缺失。（见《中国青年报》2010 年 10 月 20 日报道）以上四个缺失典型地反映了我国小学教育体制存在的问题。

不仅小学教育体制存在缺失，我国其他不同层次的教育体制同样存在问题，比如本科生的教育体制。2010 年，耶鲁大学校长理查德·莱文教授在南京举行的第四届中外大学校长论坛上就明确指出，中国学生缺乏批判性思维和跨学科知识的广度。牛津大学校长安德鲁·汉密尔顿教授认为中国学生缺乏创造性思维。

各个层面教育体制所暴露的问题仅仅是我国现行教育体制所暴露问题的冰山一角。从大的方面来说，解放后我国现行教育体制与旧有相比，有三样东西在逐渐丧失：

学者与作家的分离。在中国古代，学者与作家是一体的，明代作家如公安派袁宏道、袁中道小品文写得好，文中同样有学问；清朝乾嘉学派学问做得很好，学中也有文采；解放前的钱锺书既能写小说同时学贯中西。但如今的学者只会用概念思维，在知识框架里堆积辞藻，无法用心灵体会生活，也无法用美文书写人生。即便有些自称美学家和美学研究者的学者，其本人的人格和生活一点不具美感，也缺少欣赏各种美的能力，他的学问与其品识、生活脱节，顶多是两只脚的书橱。像高尔泰之类的美学家，在中国当代属于凤毛麟角，原因是他秉承了学者与作家本为一体的传统，他的《美是自由的象征》是当代美学理论的杰作，他的《寻找家园》则是当代最好的散文之一。

集体性的观念和生活代替了个人性的情感与精神，导致注重个人经验和日常生活世界的传统在消失。解放后，在文学艺术作品中，人物形象塑造要高、大、全，词汇表达要用集体性，个人精神世界中的"软"、"私"、"灰"不被重视，也不给予肯定，只有回避。据说，贾樟柯在准备《南京，南京》电影前期工作时，曾想寻获在南京大屠杀时期那些有名有姓、有完整人生的被屠杀者的资料，以他们作为电影中真实的原型和故事，结果让研究这段历史的学者很尴尬，他们竟然找不出那段历史时期一个具体完整的真实被杀者的故事。

不仅个人经验和日常生活世界在消失，自然和土地在现代人的生命视野中也在消失，取而代之的是教育中的知识和理性。在传统文化中，自然和土地滋润着我们的生命，给予我们力量，并让我们的心灵变得柔软，人们赏月、听涛、品茶、骑马、种菊，亭台楼阁，小桥流水，生活处处皆自然。而如今，自然，已从我们日常生活起居中远离，现代教育体制中的学生不但居住在远离自然的"钢铁与水泥的森林"——城市中，也终日鏖战于题海和日复一日围绕着教科书

香港的某一海边

昼夜埋头苦读的单调生活中，他们精于背诵、计算和理性思维，但心灵世界却不再健全和丰满。

传统文化非常强调从自然和经验中开放自己。 古人不太注重概念和义理，因为先有生活，然后有对生活经验的提升和总结，这些提升和总结以概念和义理的方式出现。 概念和义理不是生活的第一要义。 古人即使有概念和义理，他们对概念和义理的理解也是与自身的生活世界和生活方式相一致，而不像现代教育体制培养出来的学生道与理与生活脱节，主要原因是他们的概念和义理不是提炼于他们自己的生活世界和经验，而是从课本中得到。 中国特色的中小学思想品德教育以及大学里的各种概论课程，都是这方面集中的展现。

愿我们的教育课本重新引入日常生活世界和自然，让学生从日常生活世界中明白常识，提炼知识，认识自己，愿我们有更多的时间学古人去观察和聆听自然！

人文教育可以量化吗?

在国内，一个奇怪的现象就是人文教育往往用"量化"的方式进行，体制也用"量化"的方式评估各个大学人文教育的成功与失败。比如衡量这个教授是否在学术领域做出杰出的成就时，就看他量化的各种数据，比如他在该领域国际排名第几，发表过多少篇学术论文，他的研究对市场产生多少经济效益。记得有一年，学校要聘请从加拿大来的、研究方言的一个华裔知名学者，学校在讨论这位学者的学术成就时就有一位理科院士询问这个研究方言的学者在方言这个领域国际上排名第几。这位理科院士犯了一个错误，人文学术是不可量化的，只能说这个学者在这个领域比较知名，但没法精确到这个学者在这方面的研究排在第几。同样，我们也不能期望要求研究《红楼梦》的学者他的《红楼梦》研究能够给市场带来多少经济效益，为当地贡献多少个点的 GDP。

在清华大学美术学院工作过的华裔艺术家陈丹青就曾尝过"量化"的人文教育的苦。他每年要填各种表格，但他拒绝填之，他在文章中公开地说："只要出现'量化'、'管理'、'科学'、'科研'等等辞令，我就不会填写类似的表格，这类辞令与人文艺术及其相关教育无涉，在这些辞令构成的话语文本中，我们无法辨认人文艺术的规律与本质，因此，我不要进入这一'话语圈套'。"陈丹青是有资格去拒绝的，因为是清华大学有求于他，特别用重金从大洋彼岸请他过来聘他为特聘教授，欲借他的名声提升清华文科的地位和声誉，但陈丹青在招收艺术生方面他只能接受"量化"的人文教育体制所划定的"紧箍圈",即招收学生时要看学生的各种量化指标:姓名、年龄、民族、政治面貌、学历,各科"分数":政治的、外语的、专业的……招收的学生数据一大堆,表格一大摞,但是这些表格和数据无法让招生老师精确判断出这个学生的才气、性情和素质,更何况个人的梦想、信念与想象力,因为他们的才气、性情和素质要么无法在表格和数据中体现出来,要么因统统变成表格数字而面目变得模糊,"一个学生政治成绩好跟他成为一个艺术家有什么关系,一个考生外语成绩好跟他画国画有什么关系?""从这些表格上根本看不出考生是怎样一个人!"在清华工作了五六年之后,陈丹青最终选择了辞职。

陈丹青选择辞职了,但这个"量化"的人文教育评估体制依然在中国大行其道——没完没了的表格、会议、研讨、论文、各种学科评估,它对中国的人文教育危害实大。 对于大学老师来说,"量化评鉴"的方式催逼他们不断大批量生产论文,因为若论文产量落后他们就会受校方轻视。 为了论文产量,他们不重视上课与教学,他们也无暇关心社会,已渐渐沦落为福科所说的无机知识分子(而不是有人文情怀的有机知识分子),更与自己的文化理想渐行渐远,他们忙于发表,做一些短、平、快、高产出的科研和体制内的课题,他们无心也不愿做自己感兴趣领域的一些研究,比如写作和翻译,因为创作和翻译不算正式科研成果,无法纳入科研成果评比。

在这种人人都追求 GDP 的时风下,大学老师已沦为产业、官领导、体制内学术的附庸,大学成了有哲学教授却没有哲学家、有艺术理论研究却没有艺术家的地方;而对那些学生来说,他们为了迎合各种"量化"考评,并让自己在与其他同学竞争中胜出,他们不得不以牺牲自己梦想、天赋、想象力来谋取他们在体制内的一席之地,他们本可以花很多时间在自己擅长的、感兴趣的绘画方面展开更多时间的探索和实践,但为了应付在各种"量化"考核中不被淘汰,他们不得不花很多时间去背他们可能不太感兴趣的政治,去学他们不太擅长的外语。 由于"量化"考评不需要一个人的思想、梦想和想象力，一个人的思想、梦想和想象力也无法用"量化"的方式展现。在这场"量化"考评大战中，学生渐渐放弃了自己的思想、梦想和想象力，他们虽在"量化"的考核中站稳了脚跟，但他们付出的代价也是巨大的，他们终将成为一个"有知识没文化"、"有技能没常识"、"有专业没思想"的人。

艺术篇

一个追求艺术的民族

　　巴黎是艺术家的天堂。　巴黎真正成为各国艺术家趋之若鹜的地方大概是从 19 世纪下半叶即印象派时代开始。　荷兰的梵高、丹麦的毕沙罗、美国的惠斯勒这些印象派中的重要人物都在巴黎生活过。　20 世纪，闻名画坛的野兽主义、立体主义、超现实主义等画派都出自巴黎。　西班牙的毕加索在巴黎坐上了立体派的头把交椅。德国的恩斯特、西班牙的米罗、比利时的马格利特这些超现实主义画派中的大腕在巴黎度过了他们人生中重要的创作时期。　意大利的莫迪里阿尼、白俄罗斯夏加尔等在巴黎成立了享誉国际的"巴黎画派"。　中国现代著名的画家如徐悲鸿、林风眠、刘海粟、潘玉良、吴冠中等都在巴黎游学、生活过。　在西方红极一时、后定居法国的中国画家赵无极也是到巴黎之后渐渐被西方艺术界所认识。　正如艺术评论家王端廷在《巴黎画派》中所总结的："一百多年来，对于世界各国的每一位年轻艺术家来说，巴黎就像是一个强大的磁场，具有巨大的吸引力，他们百鸟朝凤般地从四面八方涌向这里，希望实现个人的艺术之梦。　据不完全统计，在第一次世界大战前的 20 世纪早期，曾有世界各地的三万艺术家旅居巴黎。"

　　周日散步在塞纳河边和蒙马特高地附近，处处看到法国街头艺术家在尽兴发挥自己的艺术天赋，不需要太多人的鼓掌和呐喊，只为了向自己所钟爱的艺术致敬。

　　据法国民意调查，在法国最受尊敬的职业不是商人，不是大学教授，也不是医生和官员，而是艺术家。　可见，这是一个会追求和

法国蒙马特高地和圣心堂附近，一艺术家在为游客画肖像

在巴黎蓬皮杜文化艺术中心门口的广场上，一位艺术家在画肖像

享受艺术的民族。 法国诗人波德莱尔说过，欣赏艺术是为了让我们沉睡的感官苏醒。 一个没有艺术的民族，感官还没有学会向万物开放，心灵也是贫瘠的。 当代作家韩东也说过，欣赏文学艺术，就是为了提高我们对美和秩序的敏感度。

请向诗人和艺术家们致敬，他们才是这个世界上最富有的人，他们拥有本民族最精细的感受，在他们的诗歌和艺术中，我们的所有感知在其中以一种前所未有的方式被打开。

卢浮宫里的看画者

　　曾在巴黎卢浮宫几次遇到中国旅游团。 如今国人钱包鼓起来了，去欧洲旅游已不再是遥不可及的事情。 但面对欧洲的艺术，国人的精神却没有因此"富"起来。 这是我当时在卢浮宫看到中国旅游团的第一个感觉。

卢浮宫外景

　　他们在画作前匆匆而过，如果说看的话，他们看到的是图像而不是绘画。 他们喜欢阅读绘画：读跟这些绘画有关的趣闻佚事，关注这幅画作外围的一些东西，比如作者是谁，卖了多少钱，是否很有名，画面中是否带有情色，画家是否有花边新闻或有生活怪癖；他们也喜欢看印在画册上有文字介绍的画作，最好这些绘画能在电视、电影甚至幻灯下做成动态的、刺激的、活动的影像——这是视觉文化时代他们喜欢看高清晰度电影和电视的结果。当然，来到卢浮宫的名画前，自然要拍几张照片留念，画作是不重要的，重要的是镜头中有自己，表明到此一游。

今天，是图像泛滥的时代，图像不仅仅出现在美术中，也广布在摄影、电视等新的大众传播领域里。商业或宣传用途的图像也劈头盖脸向我涌来。当我们无时无刻不被大量的电视、电影和广告宣传的图像所包围所淹没时，这些大众流行的世俗图像也不知不觉中形塑了我们的视觉习性和视觉趣味，其中对我们影响很大的是我们对色彩本身的逻辑，即视觉逻辑，慢慢退化了，于是在画作前我们以"读"代"看"，而且把通过色彩表现出来的灵魂、情绪、光线、气息、神秘性转换成一套符号系统来阅读，这样一来"画作"就黯然失色，"图像"却大放异彩。著名哲学家维特根斯坦在较早时期就曾说过："许多人学会了'看'这个词，却没有去使用它。"

当我们一旦摆脱这些世俗的图像（vernacular image），在博物馆里直接进入古典绘画领域中"艺术的图像"（artistic image），我们还有能力从读"图像"转换成看"绘画"吗？面对卢浮宫里中国旅游团在展厅里漫无目的的漫游和匆匆而过的身影，我对此深表怀疑。

在奥赛博物馆

在法国，博物馆在艺术收藏方面有很好的定位及系统分类，比如，蓬皮杜文化艺术中心与卢浮宫、奥赛博物馆并称为巴黎三大艺术博物馆，但它们收藏的侧重点及时间序列不一：卢浮宫所收藏的主要代表着古典文明，卢浮宫所收藏的艺术品的时间下限结束于 19 世纪下半叶印象派；奥赛博物馆主要展示近代艺术，从 19 世纪下半叶至 20 世纪初最著名的艺术家的作品都在馆藏之列，尤其印象派作品的收藏在世界各大博物馆中首屈一指；蓬皮杜文化艺术中心则是令人大开眼界的现代艺术殿堂，主要收藏 20 世纪作品，尤其现代和后现代艺术作品。

国外博物馆也常有固定陈列：精品式陈列、叙事式陈列、库房式陈列。我去过卢浮宫，那里常年设有一些著名画派、画家作品的专门画室陈列，我也游览过美国大都会艺术博物馆，置身其中，如同走进博物馆的库房，每一陈列室中都能尽可能多地展示着原作及相关主题、画派的时代演变，十分方便学术研究。奥赛博物馆给我的震撼则是在那里有收藏齐全的印象派画作。

虽然我对绘画艺术也不很精通，自身也没有浸淫其中学得一技半巧，但当一系列印象派画家的画作如梵高、高更、德加、莫奈、塞尚、雷诺阿、马奈等向我扑面而来时，我还是被他们画中的色彩、线条、韵律、明暗深深打动，毕竟人类的视觉和审美逻辑是相通的。

看马奈的画《草地上的午餐》，我们在某一刹那进入了画面中可感知的永恒与世俗快乐相映交辉中，画面中人物生动，神态安详，皮肤光洁，草地和森林干净柔软，就如作者内心世界一样。

《草地上的午餐》 马奈 油画 奥赛博物馆藏

雷诺阿让我尊敬的地方，是他的油画作品是那么的独特。虽然是油画作品，但他画中的人物较有质感，尤其皮肤特别有触感，我们可以感受到画面中人物肌肤的光滑，一种从里面生发出来的柔美和弹性。在他的笔下，少女是那么的纯真无瑕。

遗憾的是，按照著名画家陈丹青在《退步集》中的看法，中国博物馆大都没有固定的收藏，即使有固定的收藏，但不常设有专题陈列室，所以在中国的博物馆，观众无法系统一窥中外各大文明自古及今的文物艺术。他认为按国际收藏标准、陈列规范、开放制度和教育功能要求，中国只有上海博物馆算得上，而上博馆藏的广度、深度、类别、级别，还可能不如美国一所大学的博物馆。确实，在中国博物馆，很难看到本民族五千年艺术发展的详细脉络，也很难看到几件经典的原作。若一所博物馆没有藏品的固定陈列或定期陈

《钢琴边的少女》 雷诺阿 油画 奥赛博物馆藏

列，又没有专题的藏品展示，这所博物馆就很难在公众面前树立起其在学术方面的入藏标准、文化视角和收藏视野，观众也难以对这所博物馆形成持续关注；更重要的是，它对国民的艺术教育造成了伤害，因为博物馆是提供文化常识、储存历史记忆的地方，而观众很难从这样的博物馆展出中形成系统的审美认知。 再进一步，在博物馆里若没有东西可看，对国民进行所谓的视觉艺术教育无疑是一句空话。 愿国内更多的博物馆学学国外，如奥赛博物馆的做法，救救中国的文化记忆。

杜尚与现代艺术

法国艺术家马塞尔·杜尚（1887—1968）在现代艺术史上地位举足轻重，他在艺术史上所取得的地位却是以对传统艺术"离经叛道"而获得的。 1917年，在美国纽约独立美术家协会举办的展览上，杜尚在交了6美元进场费后展览了他的艺术作品，一个被安置在雕像基座上、被署名为R·穆特（R. Mutt）的男士小便器。 这个小便池是他在商店买的，他给这件作品取名为《泉》。 这件作品后来成了西方现代艺术史上的杰作。 杜尚的行为当时引起了强烈的反响，甚至连一些艺术家也看不懂，有人跑去问支持杜尚参展的著名收藏家沃尔特·爱伦斯伯格："您的意思是，如果一个人把马粪粘到画布上，我们也必须接受？"爱伦斯伯格的回答是："恐怕我们必须得接受。"杜尚对自己的艺术品是这样解释的："一件普通生活用具，予以它新的标题，使人们从新的角度去看它，这样，它原有的实用意义就丧失殆尽，却获得了一个新内容。"后人就把杜尚的作品称为"现成品艺术"（Found Art）。

在杜尚之后的西方现代艺术，尤其是第二次世界大战之后的艺术，如行为艺术、装置艺术、身体艺术、观念艺术等主要沿着他的艺术观念应运而生，并在艺术界大行其道，甚至获得市场的青睐。

杜尚对传统艺术的突破在于打破了长期以来对艺术的约定俗成的看法。 在杜尚时代，流行的艺术观念是艺术必须由艺术家创作、艺术与美联系在一起，但杜尚认为，必须要打破这一藩篱，即艺术不一定是艺术家创作的，艺术品可以由任何东西制成，艺术可以是现

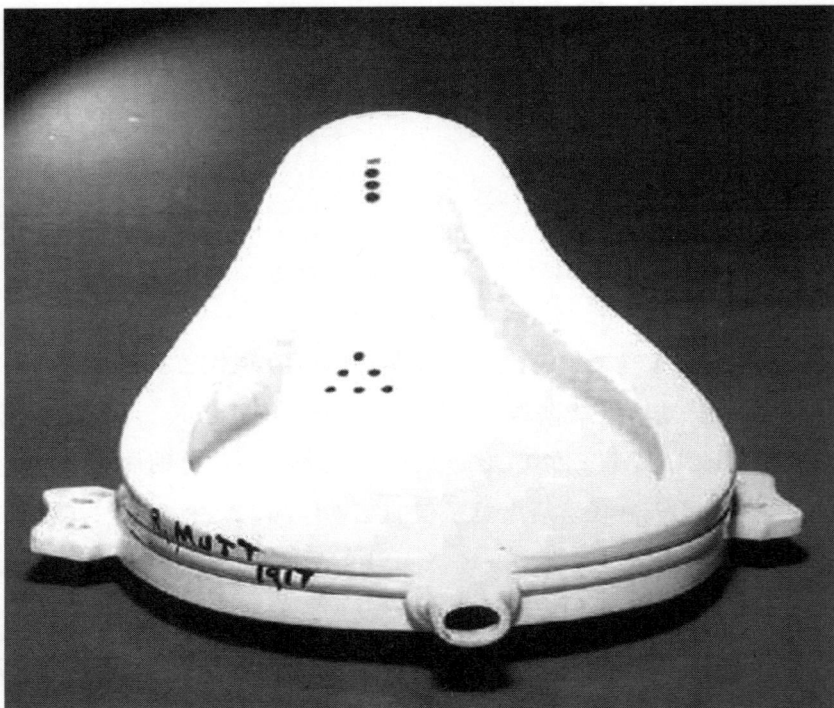

《泉》 杜尚 1917

成物，艺术可以有任何形式，艺术不再受视网膜和美丑区分的限制，不再受材质的限制，无论是自然物、器物，礼物，还是艺术品，都可以成为广义的那个代表艺术本身的艺术品。 于是，塑料、玻璃、金属、木头、纸张，哪个都可以拿来做成艺术品，艺术材料不仅仅限制在传统艺术中的油画、水彩、版画、雕塑等，甚至已是艺术品的也可当作艺术材料来使用，并在上面创作。 杜尚的另一件"现成品"代表作《L.H.O.O.Q》就是这样的产物。 他当时在达·芬奇的《蒙娜丽莎》的印刷品上，给蒙娜丽莎添加了两撇小胡子，这位长了胡须的蒙娜丽莎，仿佛正在画中嘲笑着传统美学和传统绘画。 当有人追问那画面上L.H.O.O.Q这几个字母是什么意思时，杜尚说：没意义。再追问，还是没有意义！ 杜尚说：唯一的意义就是这几个字母读起来朗朗上口。

《L.H.O.O.Q》 杜尚 1919

　　杜尚解放了传统艺术概念的内涵和外延，颠覆了传统艺术的观念，给现代艺术的发展提供了观念、材料、形式、技术的支持，尤其他的"现成品艺术"使作品中的具体的实物，没有了使用性，也失去了功能，只保留其物质性和经验性。　当现成品悬隔其固有的名称、功能和属性，被艺术家重新命名后，这一现成品的名称就具有了多样性和模糊性，它打开了与世界的邂逅，一种不在期待之中的邂逅。

　　杜尚以后，"现成品"成了现代艺术创造的一种方式，艺术与生活的界线开始消解。 在这之前，杜尚也尝试过传统绘画创作，他画有静物画《布兰维尔的风景》。 中学毕业后 1904 至 1905 年杜尚在朱丽亚艺术学院有过短暂的绘画学习，那一时期他用后期印象派风格画家庭成员、朋友和风景。

　　1906 年，已在巴黎画家圈子里的他，开始告别静物画这一绘画传统，他已经对传统的静物美学产生怀疑，他反对视网膜的感性美。在接下来的若干年中，他把野兽派、立体主义等各样风格都尝试了一遍，受立体主义、未来主义的影响，1912 年绘有《下楼梯的裸女二号》，表现了他对如何在静止的画面上展示连续运动过程的兴趣，用他自己的话说，这不是绘画，"它是动能因素的组成体，是时间和空间通过抽象的运动反映的一种表现"，"当我们考虑形的运动在一定时间内通过空间的时候，我们就走进了几何学和数学的领域"。自此，他的艺术理念偏离传统越来越远，以致在现代开创了一个全新的艺术领域，在这一艺术领域中，艺术是由艺术游戏规则而非美学规则来决定的。

传统绘画与现代绘画的差异

从艺术史本身和人类文明进程来看，传统绘画走向现代绘画是必然趋势，同属于架上绘画的现代绘画与传统绘画存在显著差异也是必然趋势。 现代绘画在哪些方面与传统绘画存在显著差异呢？有以下几点不同：

绘画体系不一样。 现代绘画更强调回到绘画本身，而传统绘画对绘画本身重视和探索不够。 传统绘画尤其传统文人画强调的是诗、书、画的完美结合，通过绘画之外的书法和题画诗、篆刻等来增添画面的完美。 传统绘画过于强调画作的意境和个人的意趣，尤其偏重表达人与物关系中人的意趣，就如宗炳所说的"圣人含道映物""山水以形媚道"，画山水或观山水画要和游览真山水一样，画面要求可居、可游、可行、可望。 同时画面力图传神于笔、寓道于墨、融己于画，追求境界的升华和自然中的独我与忘我，寄托个人的情怀。 从历代作为绘画题材和图式的《渔父图》《读骚图》《雅集图》

《渔父图》 元 吴镇 纸本水墨

我们就可以看出来。 从艺术史角度来看，现代绘画存在一股潮流，即它逐渐走向形式自身独立而不像传统山水画过于依附文学性的自然物象、场景和情节。 美术评论家李小山曾说过："林风眠（以及徐悲鸿）的实践已经不是他个人艺术趣味的体现，而是标志着一个绘画体系的没落，以及另一个绘画体系的历史性亮相。"能不能回到绘画本身是衡量传统绘画与现代绘画的根本区别。 相较于传统绘画，现代绘画更重视绘画语言、色彩和造型。

《江畔》 林风眠 纸本 彩墨

　　视觉体系不一样。 真正意义的绘画是人类视觉的校正仪——每一次都让人群从表层视觉里学会看到有重量、质量的图像。 现代绘画更强调回到个体的视觉经验本身和"现场"本身。 传统绘画呈现的更多的是一种知性的看，是文化、集体、记忆决定了的看；现代绘画强调一种个体性的看，一种现场感的看。 传统绘画有一套成熟的视觉体系和观察方法，整个观察过程表现为即目—品类—游目—象外的过程。 晋·王羲之《兰亭集序》："仰观宇宙之大，俯察品类之盛，所以游目骋怀，足以极视听之娱，信可乐也。"简言之，传统绘画常以世外鸟瞰的高远之目，游目周览，体现了沈括所说的"以大观小"，郭熙所说的"远而观之"，强调的是对事物整体的观察和体验。 而现代绘画在观察方法上更强调对物本身的关注以及对物与物之间的关系做一种结构性的处理。

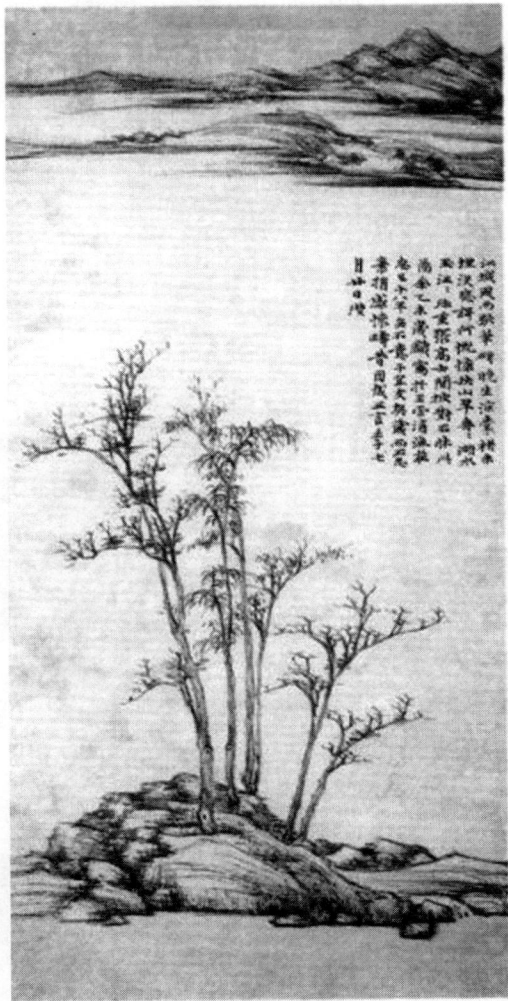

《渔庄秋霁图》 元 倪瓒 纸本水墨

隔

游

心影

　　现代绘画所强调的个体的视觉经验和现场感本身，正突出了视觉经验与我们生存世界的切实相关。 世界是由一个个个体的"我"叙述组成的世界，而不是由同一个声音的"我们"叙述的世界。 强调个体的视觉经验，正是为了强调我们生存的真实世界的丰富性和多元性以及无限开放的可能性。 传统绘画无论是主题呈现、题材选择和视觉样式及视觉给我们的冲击，基本上都是稳定的、不变的，最主要的原因是跟传统静谧、单调、封闭、流动性不大的生活和文明有关，也跟上千年来已形成的一套成熟的甚至程式化的观看体系与视觉体系有关。

《山水图轴》　黄宾虹　纸本设色

- 142 -

　　文化指涉和文化结构不一样。衡量一幅作品是否属于现代绘画，就要看它的画面是否能传递出这个时代的某种整体性的精神力量。不是因为这幅画作画了时代题材，如飞机、火箭，就表明它属于现代绘画，也不是因为这幅画作画得很抽象，就说明它属于现代绘画，虽然题材和表现方式在现代绘画中很重要，但不是决定性的。现代绘画这个术语中的"现代"核心指向的是一种现代性质，具体表述为人的一种心性结构和对世界的体验方式与过去的不同，若一个画家对世界的体验方式和心性结构与过去不同，画一些旧的题材和以再现的方式进行图像结构，这个画家还是属于现代型画家。传统绘画的文化指涉是非常明确稳定的，绘画中主要表达的是人物关系、物物关系中某种宇宙性或个人性的意趣，而不是现代绘画所强调的人、物或物、物之间的结构性关系以及画家所要传递出来的时代精神。

《渔舟唱晚图》　宋代　许道宁　绢本淡设色

　　由于传统绘画最终指向宇宙性的或个人性的某种情感、意趣，所以画在写意，而诗能传情达意，所以古代画家偏好在画上题诗。为了使绘画体现某种宇宙性的意趣，如阴阳相合、天人合一，或个人的意趣如隐逸、闲适、高洁，古代画家在使用物象时往往选用的是文化意象，而这种文化意象因有明确的文化指涉，已成了文化象征，如菊花、梅花、竹子和兰花在古代诗歌和绘画里都是高尚品格的象征。不仅绘画中的题材指向某种意趣，绘画中的空间结构也指向某种意

《渔船(一)》 林逸鹏 纸本水墨 2008

趣。 宋代画家郭熙总结的三远（高远、深远、平远），虽是一种日常的视觉经验，背后透露出来的却是一种强烈的文化意趣，因为远与隐逸、闲适相关联，因为远是山水形质的延伸，此一延伸，是顺着一个人的视觉再转移到想象上面，由即目到游目再到象外，经由这一转移，山水的形质便淡化、弱化，直接由有限转向无、无限，实现了在视觉和想象的统一中达成的道家宇宙论的图式：阴阳相合，天人合一，虚实相生，有限与无限的统一。 传统绘画也成了缓解仕途、生存的重压与疲惫以及产生人生审美愉悦的一个重要出口和工具，就如郭熙在《林泉高致·山水训》中所说的："丘园养素，所常处也。 泉石啸傲，所常乐也。 渔樵隐逸，所常适也。 猿鹤飞鸣，所常亲也。 尘嚣缰锁，此人情所常厌也。 烟霞仙圣，此人情所常愿而不得见也。"随着传统文化结构在现代不断的变迁，随着生活世界的不断转换，现代画家在文化指涉和图像立意方面自然与传统绘画不同。

相遇梵高（一）

（一）

认识梵高是在大学本科时，当时有同学推荐美国传记作家斯诺的《梵高传》，说这本书作为传记写得如何如何好。在国内传记不堪卒读的情况下，某一天，在一个旧书摊上，一个不经意时刻，我与梵高相遇了。在书的前几页，有一张梵高的自画像，自画像上的他一脸的络腮胡子，密密麻麻，仿佛一不小心就会燃烧起来，而他的眼神则冷冷地看着前方。画像下面写着：梵高（1853—1890）。多么年轻，37 岁就离开了人世。大概天才都是这样英年早逝的：跟他同时代的克尔凯郭尔（1813—1855）42 岁离开人世，尼采（1844—1900）56 岁病逝，而在他之前，作为上帝的天使莫扎特（1756—1791）去世时仅 35 岁。对于那些疯狂的、自我燃烧的、生命短暂的人，我潜意识里一向是敬佩的，虽然我还不是很了解他们，在某一些层面也不可能了解他们，但他们拒绝妥协和拒绝平庸的生存方式在这个日益平庸和单调乏味的世界里显得特别醒目和明亮，至少当时我是这么想的。也许每个人年轻的时候都有着自我放逐的心态，要体验孤独和狂野，要寻找远方，而这些天才就像人迹罕至处的一片闪亮的风景，激荡着年轻人在内心里和生活中去寻找。所以当时我毫不犹豫地把这本书买下了，也趁着激动的余温，把这本书翻了一遍，只记得这本书文笔还不错，读后留下的则是更多的困惑：为什么这样有才华的画家生前过得这么凄惨？为什么他一生得不到爱情？为什么看他的画作看不太懂？为什么他要自杀？一系列的为什么留在了那个青春的、还朦朦胧胧看世界的年龄段上。

（二）

1995 年，我从水湿的南方来到了干旷的北方读研究生。 北方在我心目中是广漠的，它像天空一样遥远，除了远方还是远方，因而去北方读书大概潜意识里满足了我对远方的一种向往。 繁忙的功课、眼花缭乱的生活以及北京特有的打工机遇把我整天钉在日常事务上，而梵高早不在我的记忆之中，阿尔地区火热的太阳也已在胸中熄灭。 就这样，昏昏沉沉地过了两年。 有一天，在一位同寝室同学的提议下，决定去北京沙滩路看看中国美术馆的画展，到北京两年了，不去美术馆瞧一瞧，或许将来会后悔的，毕竟，自己毕业时是留是走还是个未知数。

于是，在一个明媚的、晴朗的下午，我们手里揣着红色的学生证，兴冲冲地直奔中国美术馆，买了五元钱的门票进去。 刚巧那天美术馆展出西方印象派绘画，而梵高的名字赫然在目。 我与梵高又一次相遇了。 记得在美术馆的二楼，突然发现有一簇金黄金黄的向日葵在燃烧，那么耀眼，那么集中力量，我惊呆住了。《向日葵》的旁边则是梵高在精神崩溃后送到疯人院期间画的《星空、丝柏和教堂》，画面上满是漩涡，像星云一样往一个地方凝聚。 画面给人昏眩感，好像有一个黑洞在吸附着周围所有的事物，包括看画的人。

在这幅画作前，我第一次真正感受到了梵高的力量。 是梵高把所有的力量都收回到自身，然后通过绘画又把这种力量释放出来。这种力量如此强大以致我不敢面对。 梵高住在圣雷米的疯人院时写信给弟弟提奥说："今天早晨日出之前，我从窗户注视野外很长时间。 除了天空中闪烁的晨星——它们看起来非常大——其他什么也没看到。"而我们看到的是什么呢？ 我们也许早晨起床后曾从窗户注视窗外很长时间，但看到的是窗户外人群盲目的、混乱的忙碌。在《星空、丝柏和教堂》的旁边是梵高最后的一幅画《麦田里的乌

— 146 —

《星空、丝柏和教堂》 梵高 油画

鸦》，这是梵高自杀前画的。 只见天空中乌鸦像死神一样由远飞近，而大地上金黄的麦子簇拥生长着。 死神与生命在这里展开了较量，最终死神压倒了生命，梵高向自己开了枪。

　　回来后，我又翻开了斯诺的《梵高传》，并找来了荷兰人韦尔什编的《凡·高论》。 这时依稀感觉到梵高一生在承受着难以想象的痛苦，他的自杀是为了让弟弟提奥不再有什么负担。 梵高十年来一直都由他弟弟提奥提供生活补助。 他在去世前唯一卖出过一幅画：《红色的葡萄园》，生活几乎完全靠提奥接济。 而提奥在娶妻生子后经济也越来越窘迫。 梵高终于与先前已引起我关注的同族人斯宾诺莎、伦勃朗一起走进了我的心灵。 我对荷兰人也多了一份尊敬。 从此，我开始有意识地关注与梵高有关的作品和评论。

（三）

　　1998 年，由于一些特殊的原因，我离开了北京，从北方来到了南方，游学于温软宁静的金陵。 三年的求学生涯是繁忙的，每天都在食堂与寝室之间来回。 世俗的温情和热闹，校园的青春和浪漫，周末的轻松和娱乐都统统地被我挡在了窗外。 目的只有一个：恶补书籍。 大概过去硕士三年太贪玩了，再加上现在自身已具备了阅读的"目力"，因此读书对我来说是一件十分紧迫而艰难、愉快的事。这时候我开始对音乐、电影感兴趣了，于是有空的时候去学校附近的上海路淘几张 CD 和碟片。 幸运的是，有一天，在一个不起眼的小音像店里，看到了美国人拍的电影《梵高传》。 我欣喜若狂。 回到家就立刻看这部电影。 在电影中，梵高的生活又一次深深地震撼了我。 他活着是绝望的，因为他看不到任何希望，唯一能稍微安慰他的就是他弟弟提奥对他画画的无条件支持。 这也许是他在人世间唯一感到有点温暖的东西。 他也有过很多理想，他曾做过艺术商、教师、书商、神学院学生和福音传道士，但最终全都失败了。 他也谈过几次恋爱，但大多以单相思的形式出现并几乎都遭到对方粗暴的拒绝。 也许这就是命运！ 他曾找到过上帝，并以最虔诚的方式让自己与底层的煤矿工人一起生活，同吃同住，给他们传播福音，让他们在绝望和卑贱中感受到上帝之爱和人之爱，但他的行为最终被高高在上的教会和活得很体面的牧师们否定了，原因无非是他不像一个牧师那样体面地传道，他活着给人的感觉更像一个乞丐，一个难民和疯子。 他终于感觉到，这个世界不欢迎他，这个世界充满混乱、荒凉和黑暗。 那年他还只有 27 岁，他必须活下去。 他只好选择画画来打发他余下的生命。 在他画画的十年间，他也有过对这一行业的虔诚，曾与高更为了各自绘画风格取向问题争得面红耳赤，也为了节省请模特所需的开支，一次次去妓院和疯人院画人体肖像；他也有过一点点好不容易积累起来的人世间的爱心。 为了这一点爱心，他曾一度与妓女克莉斯蒂娜同居并许诺娶其为妻。 为了这一点爱心，他不忍拒绝大他 10 岁的玛戈的示爱和妓女雷切尔对他的示好。 但尘世间的爱和温情怎能安慰得了梵高，他看到的是大地的虚空，虚空后面的虚空，他永远面对的是痛苦、孤独和绝望。 他只有在绘画中取暖：他画农民的劳作，画谷物的丰收，是因为他的画画就像农民的劳作和播种，只不过他是在画作里，后者是在大地上；他把向日葵和麦地画得金黄金黄的，就是想靠这些暖色的燃烧来驱除心中的寒冷。 他的绘画跟诗意无关，后世的德国哲学家海德格尔对他的画作《农妇的鞋》的诗意解读那是专家式的解读，是不带肉身疼痛的一种学术式的解剖，难怪社会学大师韦伯感慨现代体制培养出来的大多是没有心肝的文人和没有灵魂的专家。

《向日葵》 梵高 油画 1888

（四）

在梵高离开人世 97 年后的 1987 年，他的《向日葵》以 400 万美元的高价被日本一家保险公司收购，他的《加歇医生的画像》在 1990 年以 8 250 万美元的天价创下绘画品拍卖史上的奇迹，但这些纯粹是数字叠加式的拍卖纪录丝毫不能减轻他生前所遭受的折磨和痛苦。 如果有机会让他重新选择生活的话，也许他是不会走一生都背着十字架这条道路的。 他不想做上帝的选民，他多么希望像绝大多数普通人那样，享受着尘世的幸福和家庭的温馨：在一个充满阳光的下午，一家人手牵着手，走在熙熙攘攘的人群中，有一句没一句地说说笑笑，空气里飘着切实而又可以握得着的生活气息，就像他年轻时对他单相思的厄休拉小姐和已是寡妇的表姐凯所承诺的那样。但他不能，上帝偏偏选中了他，让他像约伯一样去经历各种难以想象的痛苦，并在他看破尘世幸福的虚幻、直面生存的深渊后，又抛弃了他。他一生唯一的使命就是活着去见证苦难、孤独和绝望，让世人唾弃，让上帝远离。

记得美国民歌手唐·麦克林有感于梵高生前的遭际，特意写了一首歌《文森特》献给他。歌中这样写道：你在清醒的时候是怎样受着折磨/你又是怎样的想带给他们解脱/但他们不会听，也不会懂/不过，总会有人听，有人懂吧？//他们永不会爱你的，永不会宽容你的不羁/尽管如此，你仍爱着他们，仍爱得那么真挚/当最后的希望终于逃离了/那个星与星的夜晚/你也像恋人们常做的那样/结束了自己的生命。

是的，这是一个越来越容易跨越过去的时代，也是容易丢掉一切纯粹东西的年代，仅需要轻伤的世界，早已遗忘历史上重伤的人，只有那些星与星的夜晚，那些疯人院和煤矿区，深深地记住了梵高，以及他痛苦的一生。

相遇梵高（二）

2009—2010 年我又遇见了梵高。 这一次不是在中国，而是在法国奥赛博物馆。 他吸引我的依然是他燃烧的生命以及用生命点燃的画作。

奥赛博物馆用梵高作宣传

梵高是用生命点燃画作的。 记得当代抒情诗人海子曾写过一首诗献给梵高：

阿尔的太阳——献给我的瘦哥哥

　　到南方去／到南方去／你的血液里没有情人和春天／没有月亮／面包甚至都不够／朋友更少／只有一群苦痛的孩子，吞噬一切／瘦哥哥凡高，凡高啊！

　　梵高曾在信中对弟弟提奥说："一切我所向着自然创作的，是栗子，从火中取出来的。 啊，那些不信仰太阳的人是背弃了神的人。"梵高的艺术生命是饱满的，以致于他所描绘的对象那么具有生命力，在他的笔下，一棵树即便死了，树干里也能重新流淌起树液来——那正是他自己的生命元气；他描绘的星空即使那么孤寂辽阔，离大地很远，但依然把我们深深卷入其中。 梵高的艺术生命是热烈的、纯粹的，以致于我们不敢直视他的画作及生活。 我们害怕由他生命热度和纯度发射出来的强烈光芒洞穿我们内心掩藏的黑暗，暴露我们人性深处的怯弱，揭穿自己与众人"合流"、与世界"同污"的生存真相；也害怕有热度的理想灼伤我们，被周围的人所不容，以致于无法再苟活下去。

　　梵高是孤独的，我在他的画作中看到了他的爱、他的追求、他的迷茫、他的失败，他需要温暖……有一瞬间，我在他的画作前差一点哭了，大概是在我们的生命里都藏着一个创伤的我，一个需要被世界温暖的我，一个有理想但却不被世人理解的我。 这个世界总是离我们而去，我们只好活在满腔热情，却又无处倾诉的孤独躯壳里。

　　虽然梵高很孤独，但他还是那么热爱生活，虽然他所热爱的纯粹东西灼伤了自己，但他一直通过调动自己内在的力量来平衡世俗对他的伤害和冷漠，包括教会对他的伤害。 他宁可伤害自己，也不伤害别人。 他的爱情过早地夭折，生活的热闹也与他无关，艺术也没有给他带来掌声和镁光灯。 他只有在他弟弟提奥的经济支持和他自己创造的艺术世界中取暖。 他是善良的，同时也是热烈的，更是纯粹的。 他通过蓝色的深厚内敛，黄色和橘红色的热烈，以及漩涡型的线条，尤其是火焰一样的曲线来表达生命可以这样赤裸，赤裸到可以脱去一切伪装、客套、修辞、虚假、卖弄、噱头。 这种赤裸也使他生命经历世界对他的种种伤害后，不但没有变质，反而变得更加有厚度，所以梵高是了不起的。 梵高有理想的高度，而且他也具备了为达至理想高度去忍受世上加给他苦难的能力，也为了这一理想，他愿意去承受生前的寂寞，以及没有异性相伴的孤单日子。这三者正是中国艺术家很难所具备的，也正因为中国艺术家缺乏忍受苦难的能力，以及不愿放弃世俗的热闹，他们自然在艺术上很难

奥赛博物馆专门设有梵高展区指示牌

达到梵高的那种高度。 说到底，一个艺术家艺术的价值和高度最终是由这个艺术家的精神境界来决定的。

梵高也是有福的，在奥赛博物馆，有众多的印象派画家的画作与他的画作一起被展出，他的展区被成百上千的游客所包围，他不再孤独，至少他一生的追求得到了众人的认可，而在他生前，只卖出了一幅画。 奥赛博物馆非常厚爱梵高，专门在展馆内醒目处专设梵高展区指示牌。 这是其他画家无法享有的殊荣。 不知是否出于有意的安排，高更的展区与他的展区靠得最近。 高更比梵高年长 5 岁，出道早，对梵高影响很大，梵高对他一直尊敬有加。 当有一天他们友谊破裂，高更离他而去时，可想而知，这件事对梵高的打击多大！ 但如今，这一切历史的恩怨都过去了，剩下的是两个画家的画作紧密地挨在一起。

让我们彼此和解:《属于我们的圣诞节》影评

  法国电影《属于我们的圣诞节》是一部比较温情的家庭剧。 电影讲述的是一个破碎和纷争的家庭,在圣诞节中因着子女的归来团聚在一起。 这个故事的背景是,这些子女带着这个家庭的伤痕以及彼此的裂隙离开了原生家庭,在外成家立业。 在组成新的家庭或与他人交往过程中,各自也在传播着原生家庭沉淀在心灵上的旧伤,并在岁月的行进中增添的新伤,如亨利与妻子结婚不到一个月,妻子就出车祸死了。 如今,在经过各自一段人生岁月后,他们又回到了昔日的家庭。

  他们作为子女大多结婚生子,比如长女伊利莎白,已有一个患忧郁症的 12 岁的儿子,弟弟伊凡已有一个 3 岁、一个 6 岁两个小孩。 而比伊利莎白小 3 岁的亨利在第一次婚姻遭挫折后,依然单身,但也带着一个新结识的女朋友来到家中。 显然,亨利在这个家中是一个不受欢迎之客。 他小时愤世嫉俗,游手好闲,与母亲关系一直不好。 后来,他承包剧院上演他姐姐写的剧本,结果票房不理想,导致巨额亏空。 法院决定把还不起债的亨利判决入狱时,爸爸愿意卖掉一切不动产(包括住的房子和自己开的布坊)来免除儿子的牢狱之灾。 最后是伊利莎白替弟弟偿还了债务,并要求家里把弟弟亨利赶出家门,因为他不仅没有帮助家反而成为累赘。 亨利由此长期流浪在巴黎街头,直到这次时隔 6 年后才回到父母的家,与大家一起过圣诞节。 这个家中还有一个伤痛者,那就是伊利莎白的表弟西蒙。 由于伊利莎白大舅死得早,西蒙从小就与亨利还有亨利的

《属于我们的圣诞节》电影海报

弟弟伊凡（比亨利小 3 岁）一起长大。 在那段青春的岁月里，他们三个都同时喜欢上了一个女孩西薇。 亨利他只不过想与西薇发生性关系——也确实发生了关系。 而西蒙和伊凡爱着西薇。 最终，三个人决定由一个人与西薇继续交往，其他两个人退出。 西蒙知道表弟伊凡爱着西薇，他把自己对西薇的爱隐藏起来，在这场爱情竞争中他退了出来。 而伊凡与西薇很快结婚并有了两个孩子。 9 年过去了，西蒙对西薇的爱却一直没有消退，因此在这个家庭中原来活泼的他开始变得沉默寡言。

在这个家庭中，主人公伊利莎白才华出众，出版过 5 个剧本，又是家里的长女，但她生活得不幸福，一直抑郁，她的儿子也得了忧郁症，从小孤僻。

不幸的家庭各有各的不幸，对于伊利莎白来说，她的不幸来自哪里呢？ 影片故事一开头轻描淡写地告诉观众，在这个家庭中有一个成员一直缺席着，但却在场。 伊利莎白有一个比她大两岁的哥哥乔瑟夫，在伊利莎白 4 岁时患"巴克氏淋巴瘤"，即血癌死了。 原来，伊利莎白的不幸跟她死去的哥哥有关。 她哥哥虽然死了多年，但在她的生命里一直在影响着她。 她哥哥得绝症死时才 6 岁，如今即将进入花甲之年的妈妈也同样得了这一绝症。 原来她哥哥得的这种病是她妈妈遗传给他的，伊利莎白以前不知道是她妈妈将这个病传给她哥哥的。 如今，她虽知道她妈妈也得了这个病，但她还是对自己长期的忧郁不清楚，她不知道自己是否因为在担心失去什么或者感伤已失去了什么，所以变得这样忧郁。 她爸爸给她解开了这个心结。 她爸爸说，她因着过于关注她哥哥的死并担心这死突然有一天会发生在她身上，导致在以后漫长的岁月里，她惶恐地活着。 这真应了一句话："以为已结束的并没结束。"发生的事件已经过去了，但事件留下的伤痕若不经过医治、处理，它就会一直伴随着你。

在圣诞节的那个晚上，在耶稣诞生的平安日子中，她爸爸找到书上一段话对伊利莎白说："我们，智慧的寻求者，始终不了解自己，原因是……因为我们还没有找到自我。 如果，在某一天能找到自我呢？ 我们的宝藏，就藏在智慧的海洋里。 像蜜蜂总是一再寻找，它们搜寻心灵的蜂蜜，而我们的心只关心一件事，带点东西回家吧，至于其他，关于生命，以及所谓的经验，我们当中有哪些人认真对待过了？ 谁又有时间停驻呢？ 当钟响了 12 下，我们会惊觉地问自己，刚刚钟响了几下？ 于是，我们竖起耳朵想听个仔细，我们诧异地反问自己：究竟走这一趟，我们经验了什么？ 然后我们去尝试，如我刚刚所说的，在这 12 声响中重新计算，当中的生命、经验及存在，却在过程中又忘了自己算到了哪里。 我们不了解自我，对于自我，我们并不是智慧的寻求者……"

最后，他们各自获得了和解，找回了自己。 姐姐伊利莎白时隔6年后，在这个圣诞节的晚上给弟弟亨利回复了一封信，并在儿子的生命延续和儿子所创造的世界中找到了对生的盼望。 西蒙也与自己获得了和解，不再陷入对西薇虚妄的幻想中。 西薇已有自己完整的家庭，西蒙也需要有自己新的生活和未来。 亨利与母亲也获得了和解。 亨利母亲因着哥哥早死，就把自己哥哥的儿子西蒙接回家里住，从此忽略亨利，导致亨利与母亲的关系一直紧张。 而亨利是母亲骨髓移植的合格者。 电影的结尾是刚抽过骨髓的亨利坐在母亲的病房中，看着自己的骨髓流入母亲的体内。 随着他们的血液融在一起，他们也第一次真正走进对方生命的深处。

那挽留不住的爱:《情人》影评

　　观看根据法国作家杜拉斯小说改编的电影《情人》，我看到最后竟唏嘘不已，为片中一对男女主人公的相爱、相离而难过。　男的爱上了一个法国少女，男的 32 岁，女的 17 岁，刚开始两个人都带着各自的私利走在一起，男的寻求刺激，因为他太富有，富有到什么事都不做，就是在男欢女爱中确证其存在；而女的家里太贫穷，生活在底层，学校生活太压抑，她爱慕有钱、体面、成熟的男人。　刚开始他们谈不上感情，但也有点感情，他们在一起用肉体宣泄着对压抑的生活的不满。　用整天做爱这种方式暂时摆脱外面喧嚣的现实世界。但渐渐地，他们不知不觉地走到了对方心灵的深处。　那个男的先觉察到他离不开她，如果她离开他，他会痛苦的，但他又很矛盾，因为他要继承他父亲的财富，而他若不娶他父亲给他定下的从未谋过面的女子，就没有资格继承他父亲的财产，他将变成穷光蛋，他无力反抗这一事实；另一方面，那个女孩已经受够了在西贡多年的生活，肯定要离开越南返回法国，所以她对男的说，她肯定要离开这个地方的，希望男的不要把她当所爱的人来看待。　于是，分手的日期越来越近，对那个男的来说，他本来生活在没有感觉的世界里，是那个女孩让他品尝到痛苦的滋味。　如今，那段恋情就要结束，他即将进入没有爱的婚姻，随着女孩即将离去，他的心也就渐渐重归死寂。　他开始抽起了鸦片。　在临别前几天，她也目睹了他豪华的结婚场面。　他父亲要他娶的那户人家确实有钱，也正因为那户人家很有钱，所以一辈子躺在床上抽鸦片的父亲命令他一定要娶那个中国女孩。

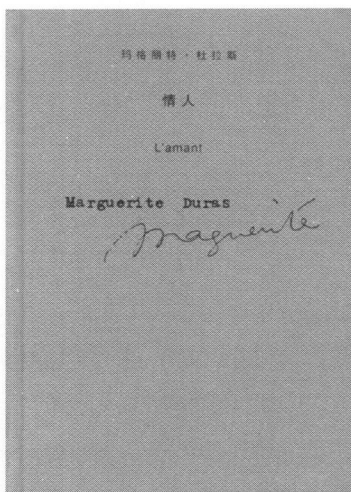

中文版《情人》小说封面

去法国起航的时刻到了，他坐在房车里，远远地在角落里凝望着甲板上的她，就像第一次他们相遇时，在湄公河上他在渡轮的豪华房车上凝望甲板上的她一样。很快地，他们互相看不见了。法国的少女在轮船经过印度洋的时候，有一天深夜，到轮船上响起华尔滋舞曲时，她一个人躲在角落里深深地抽泣，这时，才知道，原来她深深地爱着那个男人，在这之前，她不承认这段爱情，自以为这段感情不过如水流过沙地一样，瞬间消失，但如今这段感情在心底的缝隙里钻了出来，并在深夜的大海上，在轮船上的音乐飘扬时，最终被她发现，但为时已晚……

《情人》电影海报一

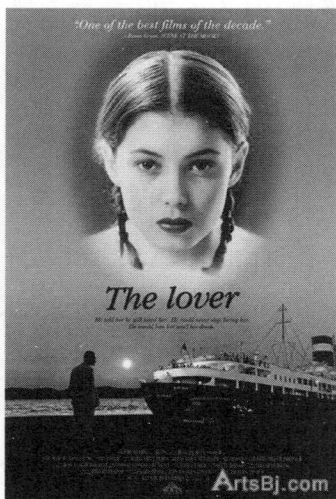

《情人》电影海报二

法国的音乐节

　　每年 6 月 21 日是法国宣布夏季开始的日子，也是法国一年一度音乐节（Fête de la Musique）。 法国的音乐节要追溯到 1983 年。时任法国文化部长的雅克·朗（Jack Lang）决定在 6 月 21 日这一天举办一个真正属于全民的音乐节。 从此，由法国文化部发起的全民音乐节一直延续到今天，并日益成为欧洲乃至世界的音乐节日。 笔者居住在法国北方城市阿哈斯期间，正遇上了法国的音乐节，在那里真正感受到了"让音乐充斥每一个角落"的狂热气氛。

乐队正在阿哈斯街头免费演奏

　　在那天无数城市邀请众多歌手和乐队登台演出,他们开办免费的露天音乐会,音乐爱好者边喝啤酒边与台上的歌手一起互动,一起来分享他们对音乐的热爱。 这种狂欢活动的群体以年轻人为主,音乐狂欢持续到第二天凌晨。

　　在阿哈斯音乐会现场,特别让我感动的是歌手和听众热情高涨。 其中一个乐队是唱摇滚的,唱到激动处,这个乐队的主歌手把自己的衣服都脱了,只剩下短裤和背心。 歌手身体略胖,但他使劲地在台上又唱又跳,跳到最后,整个人瘫痪在台上,声音也嘶哑了。

摇滚乐歌手在台上又唱又跳

　　音乐爱好者在属于自己的节日里,自然不放过享受每一分钟的机会。 随着音乐渐渐进入高潮,台下的听众也开始激动,有些情不自禁地摆动身体,更有的控制不住自己情绪,满场飞奔,最终被旁边的听众高高举起。

　　音乐是什么? 我们为什么需要音乐? 相信整日为生活忙碌的中国人很少静下心来想一想。 我想,音乐不仅给我们带来了快乐,

一乐迷被身边的人高高举起

也让我们在伤心难过时，寂寞孤独时，情绪低落时由它一直陪伴在我们身边。 对音乐的欣赏和领悟更代表一个民族的文化素养，因为音乐能给人带来精神的灵性、心智的健康和生活的遐想。 学者朱大可认为，长期以来，在中国人的生涯中，只有一项跟"教养"真正相关的事务，那就是"劳动教养"，但它跟真正的教养无关。 在我们的国民教育中，对包括音乐在内的艺术修养依然不重视。 上世纪 80年代，学校提倡培养学生"五讲四美三热爱"和"四有新人"，90 年代学校提倡在学生中推广德、智、体、美全面发展与素质教育，先前的四美是心灵美、语言美、行为美、环境美，后来的美是培养学生的审美观，发展他们鉴赏美、创造美的能力，培养他们的高尚情操和文明素质。 但实际上，随着中国艺术教育的市场化和意识形态化，学校对艺术本身和学生艺术修养并不重视，重视的是教育的经济利益（即教育的产业化）和完成政府教育主管部门布置的任务和指标（即教育的行政化）。

　　如今，法国人和英国人的教养，依然是全球公民的榜样。 这是文艺复兴和启蒙运动的伟大成果，这与他们继承那一时期巴赫、海顿、莫扎特、贝多芬、马勒等众多欧洲音乐家的音乐遗产分不开。

建筑与思想

初次去巴黎，我被巴黎建筑的外观所震撼。 蒙马特圣心堂与周围环境的色彩和地势的协调，巴黎市政厅的恢弘与华美，塞纳河两岸建筑的对称与和谐，巴黎圣母院的坚实与凝重……巴黎的建筑普遍所体现出来的大气、厚重使我不由意识到建筑也有思想，而且是一种深邃的思想。

西方文化中对建筑比较重视。 罗马人提出建筑最重要的是坚固，是永恒。 西方人信仰基督教后，在造教堂等建筑方面更加强调建筑物的永恒性，因为他们深信教堂是为上帝而建，所以他们把建筑的结构性、永恒性作为建造房屋的首要问题。 西方对建筑的理解与中国文化对建筑的理解是有差异的。 我们也有一六字方针："实用、经济、美观"，没强调坚固，更没强调永恒。 正因为西方文化重视建筑，所以我们就能够理解西方人对建造房屋重视的程度，叫慢工出细活。 如巴黎圣母院始建于 1163 年，到 1345 年才全部建成，整个过程耗时近 180 年；在 16—17 世纪，梵蒂冈的圣彼得大教堂光修建就花了 100 多年。 历史上巴黎的市政厅 1533 年动工，1628 年建成，也耗时近百年。 1871 年在巴黎公社起义中，巴黎市政厅被焚之一炬，后也花费了十年进行修复。 他们是用心盖房子，把建筑当作一种文化看待。

中国文化中也有不朽，如曹丕所总结的，立功、立德、立言的不朽，儒家文化强调的家族血脉绵延的不朽，所谓"不孝有三，无后为大"。 为什么中国文化一般不视建筑为不朽象征，而知识分子却总

巴黎蒙马特圣心教堂

是以立功、立言为不朽呢？ 从历史上看，有它的客观原因，原因是中国朝代更替频繁，帝国统治往往用武力维持，而每次改朝换代大都用暴力推翻前任统治，无论如何坚固的建筑，都免不了由军功阶层或农民发动的战争而带来严重破坏。 秦始皇的阿房宫造得浩大辉煌，如唐代诗人杜牧在《阿房宫赋》中所写的："覆压三百余里，隔离天日。""五步一楼，十步一阁；廊腰缦回，檐牙高啄；各抱地势，钩心斗角。""一日之内，一宫之间，而气候不齐。"但项羽的大军一到，一把火把它烧得干干净净。

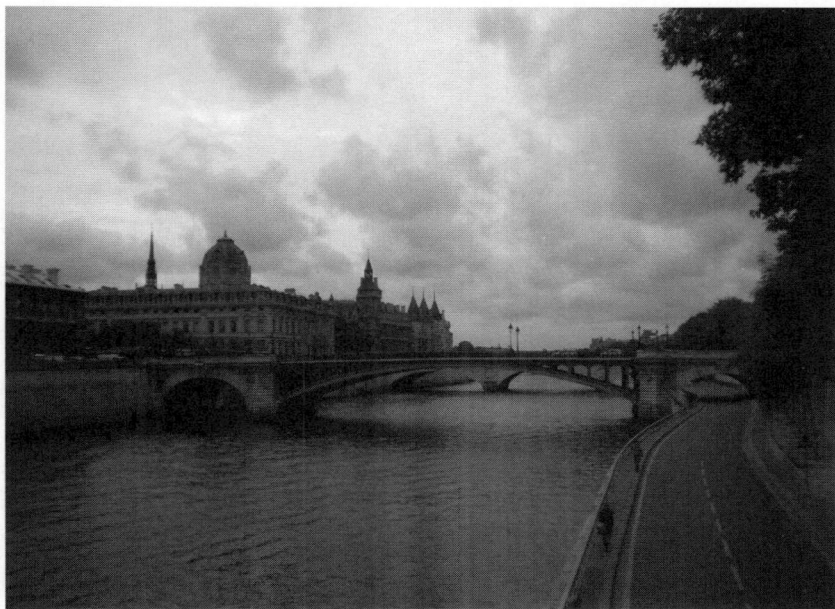

巴黎塞纳河边的建筑

中国文化不重视建筑的永恒性也跟中国文化轻技术和物质文明有关。儒家文化强调道德在一个人全部生活中所具有的优先性，道家文化强调精神的宇宙秩序，这两种文化都表现出了轻技术和物质文明的倾向。实际上，对生命的安顿不仅表现在精神上也体现在现世的物质空间中，如果，让生命的秩序、节奏和明净与外在物理空间产生对应和融合，这岂不更好！建筑也是人类栖居的告白，人的尊严、智慧和艺术地活着，可通过他所居住的建筑反映出来，建筑也把工程、艺术、空间、历史、人文各种技术和记忆融合在一起，有助于我们对历史文化的记忆。从某一程度上说，中国对建筑永恒性的漠视，实质上是对历史文化的漠视，因为建筑是活的文化化石。

中国画欠缺什么

比起欧洲的绘画，中国画欠缺什么？

从绘画内容来说，中国画欠缺平凡的日常生活世界。中国画的主体山水画有一显明特点：不介入人世的概念、俗世的欲望，不介入复杂的文化活动，尽量保持"自然的纯粹性"，即以山水面貌的原样呈现，不去割裂与自然的原有联系，于是，人的社会活动场景渐渐从绘画的主流中逝去。宋代著名画家郭熙在《林泉高致·山水训》中从绘画的理论和技法给予了这方面的支持。他认为山之景观可归纳三远："高远"、"深远"和"平远"，并且对"三远"中的"山石"、"草木"、"烟云"、"亭榭"、"渔钓"的高下安排、大小比例、深浅关系都作了相当细致的分析和规定。郭熙讲的虽然是一种构图，但眼中之"远"最终带来"意中之远"，正如唐代皎然在《诗式》中所说的："远，非如渺渺望水，杳杳望山，乃谓意中之远。"通过绘画中"远"景物的设置最终引向"景物至绝"的那个更加广阔无垠的宇宙时空中去，从而远离世俗纷扰和喧嚣。"远"于是成了中国传统文人"出世"思想的象征，失却"远"的追求，山水便沦为通常所说的"风景"，使人感到局限，精神受到约束，阻碍心灵超越尘俗迈向自由境界。传统山水画因着创作理念提倡"远"，成就了自身意境。这是中国传统山水画有魅力的地方，但随之带来局限的是，世界不仅仅包括大自然，也包括人的社会活动场景，当人的社会活动场景渐渐从绘画的主流中逝去，人的社会活动消失在风景当中的时候，画家所呈现的世界是不完整的，至少某种程度上是对现实社会的逃离。 西方绘画主体不是风景画，但即使风景画，依旧保持很强的现实世界功能，无论是 17 世纪的荷兰风景画派，还是 19 世纪的法国巴比松画派。 以荷兰画家霍贝玛的《林间小道》为例，这幅风景画中，我们将会看到：远处有耸立的教堂，右边中间处高顶的房屋前有两农妇在闲谈，近处有一个人在地里劳作；马路上留下车轮碾压后的深深履痕，不远处是一个村民牵着一头牲口站着……画的是风景画，但画面却透露出荷兰农村生活的艰辛和自得，厚实而平凡。

《林间小道》 荷兰 霍贝玛 油画 1689

从绘画语言来说，中国画欠缺色彩和造型。 从中国绘画的发展轨迹看，唐代的李思训父子已开始金碧山水画创作，采用重彩晕染表现对象。 但中国山水画的后人并没有沿着李思训父子继续走下去，中国后来的绘画也没有走上与西方类似的道路，反而到了宋代以后中国绘画沿着线、笔、墨的方向不断突进，形成比较系统的注重线条和笔墨审美情绪的绘画体系，自此，中国绘画相较于欧洲绘画欠缺色彩和造型，从下图中处于同时代的意大利画家提香和中国唐寅的画作中就可看出来。

《嫦娥执桂图》 唐寅　纸本设色　约 1500—1523

《花神》 提香 意大利 油画 约 1515—1520

　　在绘画秩序和结构方面中国画欠缺科学和理性精神。 绘画作为
一种知识和秩序它需要形式理性作为基础，因为形式和逻辑是一切
知识的基础。 无论是文艺复兴时期绘画所强调的透视与解剖，还是
印象派画家所追求的色彩——与牛顿发现的光的色谱有关，以及现代
抽象绘画和后现代观念艺术对绘画本体的追问，都离不开对绘画结

构和秩序本身方面进行科学、理性的思考。 到了 1729 年，中国才有
了年希尧和传教士画家郎世宁合编的介绍透视学的专著《视学》。
中国传统文化属于："鸳鸯绣出从君看，不把金针度与人""能知其然
而不知其所以然"，而西方文化在科学精神影响下则是："金针度去
从君用，未把鸳鸯绣与人""一一从其所以然处，指示确然不易之
理"。 但愿在中西文化交流日益频繁的今天，中国画应多吸收西方
绘画的长处，让自身更好地走出国门，被世界所接受。

思想篇

左拉的德雷福斯案与西方现代知识分子

　　西方知识分子很早就存在，比如苏格拉底就算一个，但作为现代的知识分子要从左拉开始，原因是现代知识分子必须关注公共，即面向公共世界，运用公共理性，直面公共关切。 而左拉在德雷福斯案中的表现做到了上述三点，所以他是现代知识分子中最早的一批。

　　现代的知识分子之所以要关注公共，尤其要关注涉及公民权利的司法判决，乃是因为这类判决不同于普通刑事案件，这类判决具有示范和扩散效应，每个人都会感同身受地联想到自身的处境：假如我是被告呢？ 所以，当其他人在判决中涉及不公时，作为现代的知识分子就要站出来，呼吁消除这种不公，就如左拉的同胞法国启蒙时期的哲学家孟德斯鸠所说的，对一个人的不公，就是对所有人的威胁，因为你不知道哪一天你若处在被告位置，是否也会遭遇到这样的不公。

　　德雷福斯是一名犹太裔法国上尉，在陆军部任参谋。 1894 年 9月，他被指控在一封信中向德国驻法武官出卖了有关法国炮兵及其他情况的秘密军事情报。 由于当时包括法国在内的欧洲多地弥漫着反犹主义情绪，再加上自普法战争以来，法、德两国军事上相互处于竞争和敌对状态，所以为德国收集情报，又是犹太裔的德雷福斯的被捕几乎无人对其表示同情。 结果德雷福斯被判无期徒刑，押解到远在法属圭亚那的魔鬼岛服刑。 一年后，一名与此案有涉的间谍被擒获，证实了德雷福斯的清白，但军事法庭为了维护所谓军队尊严

法国作家左拉（1840—1902）

和荣誉，也因德雷福斯的犹太人身份而拒绝改判。

在这个案件发生之前，左拉已在报纸上公开向反犹主义发起了挑战。他写道：

> 反犹太主义是应该受到谴责的。我曾经说过，这场使我们倒退一千年的野蛮运动与我对博爱的需要、对宽容和解放的酷爱是完全背道而驰的。回到宗教战争中去，重新开始宗教迫害，想要挑起种族之间的灭绝残杀，这在我们获得解放的时代里，简直是荒谬绝伦的事情，我觉得这种卑劣的企图是十分愚蠢的……我至

今还不愿意相信,在法兰西这个充满了自由观察的空气、兄弟般的善良情谊和清澈的理性的国度里,这种卑劣的运动会具有决定性的重要性。

起先,爱弥尔·左拉对此案并无多少了解,德雷福斯入狱时,他还在罗马写他的小说。德雷福斯案发生 3 年后他从罗马回到巴黎。当他接触到一些材料后,他发现这是一个典型的冤假错案。面对如此不公,他愤怒了。他要以公民的名义指控"国家犯罪",他要替一位素昧平生的小人物鸣不平,因为他意识到,若一个国家的司法系统明知可以纠正却拒不纠正,听任无辜者成为军方利益的牺牲品,这将使这个国家的每一个人都会感到没有安全感。他开始放弃小说写作,不顾个人在道德和文学上有可能带来的声誉损害,甚至不顾个人安危,连续在报纸上披露军方的弥天大谎,痛斥司法机关滥用公权力。果然,左拉的对手发动舆论战,在小报上攻击左拉父亲的人品,还派人让他收声,允诺保证他在文学界万事亨通。他们还散布左拉被犹太人用金钱收买了。面对对手的攻击、恐吓、利诱、抹黑,左拉不为所动,继续揭露军方的渎职事实。

左拉准备了最后一击。1898 年 1 月 13 日他在《费加罗报》上发表檄文《我控诉》。这是一封致法国总统菲利·福尔的公开长信。在信中他说道:"既然他们胆敢这样做,非常好,那我也应无所畏惧,应该说出真相。因为我曾保证,如果我们的司法制度——这起事件曾通过正常渠道来到它面前——没有说出真相,全部的真相,我就会全盘道出。大声地说出是我的责任,我不想成为帮凶;如果我成为帮凶,在远方备受折磨的无辜者——为了他从未犯下的罪行而遭受最恐怖的折磨——的幽灵将会在夜晚时分纠缠着我。"接着左拉在信中列举了大量的事实和法理,来证明这件案件中好人被冤枉,坏人被保护,最后,他向实力派人物发出控诉:"我控诉比约将军,他手上握有表明德雷福斯清白的不可否认的证据,却将它隐藏。为了政治目的，为了挽救已受连累的参谋部同僚，他犯下这起违反人道、违反公义的罪行……最后，我控诉第一次军事法庭，它违反法律，只根据一份秘密档案便宣判被告有罪。我也控诉第二次军事法庭，它奉命掩饰第一次军事法庭的不法行为，并自己犯下罪行，故意判一个有罪的人无罪。"

1994 年以色列发行德雷福斯案百年纪念邮票，以军方剥夺其军衔的拔剑仪式为主图

公开信发出后，左拉知道这对他人生意味着什么，因为他是在挑战该国最具权力的一群官僚，他们位高权重，拥有司法、行政权，可以开动国家机器为其宣传，可以指黑为白，甚至打击对方时动用

下三滥手段。 不出所料，公开信发表后，军方以"诽谤罪"起诉左拉，左拉被判罪名成立，获得一年监禁，外加 3 000 法郎罚金。 在宣判后，左拉被迫流亡英国。 德雷福斯案发生 12 年后，迟到的正义终于来临。 1906 年法国最高法院判定德雷福斯无罪，恢复其名誉并授予少校军衔，而左拉早在 4 年前已去世。 左拉虽然去世了，但他以"个人正义"维护"国家正义"、敢于挑战当权者的行为激励着现代知识分子，正如他自己被军方告上法庭时在法庭上所说的："官方和无数报刊都可能反对我。 帮助我的，只有思想，只有真实和正义的理想……然而将来有一天法国人会感激我，因为我挽救了这个国家的荣誉。"是的，法国人不但记住了作为伟大的小说家的他——1908 年，他的骨灰入驻以埋葬法国思想文化巨擘著称的先贤祠，也记住了他为捍卫正义而战的英勇行为。 1998 年 1 月，法国总统希拉克发表公开信，纪念他所发表的《我控诉》100 周年："今天我想告诉左拉和德雷福斯的家人，法国是如何感激他们的先人。 他们的先人以可钦佩的勇气为自由、尊严与正义的价值献身。""让我们永不忘记一位伟大作家的勇气，他冒尽风险，不顾自身的安危、名誉，甚至生命，运用自己的天分，执笔为真理服务。 像伏尔泰一样，他是最佳知识分子传统的化身。"

汉武帝与汉代士人（一）

要读懂中国，需要读懂汉代，要读懂汉代，需要了解武帝朝的人与事。

"诽谤"原是国人批评执政者的民主权力。秦设"诽谤"之罪，欲钳人之口。刘彻更立"腹诽"之法，要禁锢人们的思想，比秦法思想专制严酷得多。

在汉代，在汉武帝的直接推动下，儒学已确立了统治地位，此时的儒学已不是先秦的儒学。"罢黜百家，独尊儒术"，是汉政与经学融合的标志。此时的经学已不是传统意义上的儒学，对现实皇权政治的妥协，使其具有鲜明的实用性；对现实民间社会的妥协，使其具有典型的时代特征，并弥漫着民间迷信的朦胧气氛；从其他思想流派中汲取营养，则又使其具有融会百家的精神。儒学确立统治地位后，"自此以来，则公卿大夫士吏斌斌多文学之士矣"（《史记·儒林列传》）。

推广儒学也有积极的一面，确实有许多治经儒生恪守传统儒学之旨，追求仁德之治，注重德行道艺，志在富民、教民、安民，自身还具有较高的文化素质和道德修养，所以由他们当官，较之刑名法术之士，对于发展经济和文教事业以及稳定社会，有着显著的积极意义。但另一方面，以董仲舒为代表的一批治经儒生，在强调民本思想的同时，自觉不自觉地抛弃了孟子的"君轻"论、荀子的"从道不从君"论，而代之以原本是法家专利的"尊君卑臣"论，提出了"君为臣纲""君臣大义"等强化君主专制的理论。

不仅如此，以儒学经学为指导思想和理论依据的选官制度的推出，标志着我国文官制度的正式确立，奠定了后来科举取士和官员选拔的基础，为官僚政治奠定了基础。周予同先生说："董仲舒主张尊崇孔学、罢黜百家，还只是表面的文章；最有关于中国社会组织的，是他主张设学校，立博士弟子，变春秋、战国的'私学'为'官学'，使地主阶级的弟子套上'太学生'的外衣，化身为官僚，由经济权的获取进而谋教育权的建立与政治权的分润。董仲舒是中国官僚政治的定型者。"

自此，汉武帝以后，士的角色和地位发生很大变化。孟子曾说："非其道，则一箪食不可受于人；如其道，则舜受尧之天下，不以为泰。"（《孟子·万章下》）孟子所说的那种士相对自由选择主子，特别是相对自由的双向选择在汉武帝时代已不复存在。

最高统治集团对经学最感兴趣的仅仅是能拿来为现实政治服务的那一部分内容，入仕的士人在执行政令政策时也只有惟人主是瞻。如汉武帝时期，杜周历任廷尉、执金吾、御史大夫，凡"上所欲挤者，因而陷之；上所欲释者，久系待问而微见其冤状"，有人责备杜周："君为天子决平，不循三尺法，专以人主意指为狱，狱者固如是乎？"杜周赤裸裸地回答说："三尺安出哉？前主所是著为律，后主所是疏为令，当时为是，何古之法乎！"再如，曾位至御史大夫、丞相的公孙弘，每逢朝会议，往往引出议题，让刘彻自己选择决策，不肯面折廷争，他以只向天子个人负责为"忠"，故"左右幸臣每毁弘，上益厚遇之"（《汉书》卷五十八《公孙弘卜式儿宽传》）。辕固曾当朝批评他："公孙子，务正学以言，无曲学以阿世"，汲黯指责他"齐人多诈而无实"。

再如，李陵兵败，"群臣皆罪陵"，本来司马迁与李陵"素非能相善"，没有任何私人关系，但司马迁出于道义和公义，不像群臣趋炎附势，对不公正的事情集体保持沉默，他在刘彻面前为李陵辩护了几句，结果招致了腐刑——这是奇耻大辱之刑！

武帝朝给治经儒生的政治机遇、仕进之途是有限的，士为争夺有限资源不得不相互倾轧，武帝也听任他们内讧、内耗。当他们不为人主所用时，人主也毫不留情弃之。《资治通鉴·元狩三年》卷十九曾记载了汲黯与刘彻的一次对话："上招延士大夫，常如不足，然性严峻，群臣虽素所爱信者，或小有犯法，或欺罔，辄按诛之，无所宽假。汲黯谏曰：'陛下求贤甚劳，未尽其用，辄已杀之。以有限之士恣无已之诛，臣恐天下贤才将尽，陛下谁与共为治乎！'黯言之甚怒，上笑而谕之曰：'何世无才，患人不能识之耳。苟能识之，何患无人！夫所谓才者，犹有用之器也，有才而不肯尽用，与无才同，不杀何施！'"想用了，招之来，不想用了，或者认为没有可用之处了，就把他杀掉，用范蠡的话说，"飞鸟尽，良弓藏；狡兔死，走狗烹"，用现代大白话说，对待知识分子不需要把他们看作独立的主体，他们的地位是依附性的，他们是毛，必须附在哪张皮上才能生存，"皮之不存，毛将焉附？"可见，在武帝以后，士人阶层完全纳入汉帝国的统治和控制之中，士人自身相对独立的空间和自由的思想很少。

于此相关联的，在汉代士人阶层出现了一股追悼屈原的思潮。

他们追悼屈原，是因为在汉代士人阶层中存在着一个普遍问题，即他们中常存在着与屈原同样报国无门、怀才不遇的问题。从西汉初的司马迁、贾谊、汉末的扬雄到东汉末年壮志未酬的蔡邕。因而，汉代文人对现实的焦虑、对出路的困惑缔造了他们追悼屈原的哀怨情结。这种凄惨哀怨的格调既体现在他们对屈原和《楚辞》的评价中，也体现在他们以骚体赋为代表的各种辞赋创作中。西汉就有贾谊的《吊屈原赋》、东方朔的《七谏》、严忌的《哀时命》、王褒的《九怀》、刘歆的《遂初赋》、刘向的《九叹》等，这些作品都和屈原赋愤怨世俗、书写哀怨、无所顾忌的精神一脉相承。东晋的陆机在《遂志赋序》中曾列举了东汉时期有班彪、梁竦、蔡邕等对屈原的哀悼，并分别写有《悼离骚》《悼骚赋》《吊屈原文》。东汉末王逸写有《九思》，写作的初衷也是"读《楚辞》而伤悯屈原"（王逸《楚辞章句》卷十七），甚至西汉中期被朝廷一度重用的董仲舒也写有《士不遇赋》。 董仲舒曾以独尊儒术的主张受到汉武帝的重视，但却又因言阴阳灾异被人上告，被判死罪，幸免后贬为胶西王相，于是产生一种生不逢时的感慨。 所以，汉代那些对屈原及其作品关注并对其持肯定态度的士人实际上是借屈原来表达自身生不逢时、不被重用的悲苦。 他们无论写作也好，评论也好，与屈原的《离骚》表达的是同一类主题，抒发的是同一类情怀。

汉武帝与汉代士人（二）

黑格尔说，中国古代只有一个人自由，就是皇帝的自由，但这个号称"寡人"、"孤"、"朕"的惟一的人也不自由。 看看汉武帝就知道，他的一生也不自由。 他的一生纠缠于女人，离不开女人，依靠外戚势力，最终也被女人所羁绊、所牵累。 他自己曾说过，"可以三日无食，但不可一日无妇"。 年仅 16 岁的刘彻能成为皇帝，是受到了后宫几个女人的宠幸与支持，如太皇太后窦氏、皇太后王氏、大长公主刘嫖。 母亲王夫人在此前的宫廷斗争中击败汉景帝的宠妃栗妃，导致栗太子被废，刘彻才被立为太子。 他与汉景帝的妹妹大长公主刘嫖的女儿阿娇公主的结合纯粹是政治联姻。 既然由妇人扶持上台，自然也受这些妇人控制。 他在登基之初即建元元年（前 140年）"举贤良直言极谏之士"、改制度、作明堂、议封禅举措，因后宫与外戚不同意，结果改革失败，博士诸儒被罢黜遣返，以致在"建元"的六年间，他因无法行使权力而感到苦闷，只能在声色犬马中消磨时光。 后来，他又依靠宠妃卫夫人的弟弟卫青及其外甥霍去病，李夫人的哥哥李广利，即这几个女人的兄弟、亲戚掌握兵权，防御匈奴而撑其大汉天下；晚年立宠妃勾弋夫人儿子刘弗陵（即后来的汉昭帝）为太子，但临死前又杀其母；中年 40 岁时得过一场大病，久治不愈，几乎死去，后来似乎想通了，在 4 年后，即元鼎四年（前112 年）作《秋风辞》，在辞中他表达了人生的沧桑、生命的有限和脆弱，所谓"欢乐极兮哀情多"、"少壮几时兮奈老何"，也表达了很想乘风归去，在世俗之外找到终极的人生归宿，藉此获得心灵的安宁，但世俗的功名、利欲、权力、女人、寿命、黄金……太多太多的，他始终放不下。他年老时，在"蛊蛊之祸"中竟听信小人谗言，认定太子逆谋造反，最终导致太子刘据自杀。

汉武帝像

黑格尔说："中国人把自己看作是属于他们家庭的，而同时又是国家的儿女。在家庭之内，他们不是人格……乃是血统关系和天然义务。在国家之内，他们一样缺少独立人格。因为国家内的大家长的关系最为显著，皇帝犹如严父，为政府的基础，治理国家的一切部门"。是啊，在政治操作的逻辑方面，刘彻有意置换"公—私"概念，他号召人们以天下为"公"，但实际上这"天下"是刘汉的"天下"，要求臣民们向国家"无私"奉献，要有"大公无私"的思想，实际上，要求以"小家"（私）服从刘汉的大家（公）。而刘彻这个"余一人"则俨然成了"天下"大公的形象代表，成了为人民服务的代表。

翻译《资本论》的王亚南先生曾指出中国的官僚政治有三个特点：（1）延续性——那是指中国官僚政治延续时间的悠久。它几乎悠久到同中国传统文化相始终。（2）包容性——那是指中国官僚政治所统摄的范围广阔，即官僚的政治活动同中国各种文化现象，如伦理、宗教、法律、财产、艺术等方面，发生了异常密切而协调的关系。（3）贯彻性——那是指中国官僚政治的支配作用有深入的影响，中国人的思想活动乃至他们的整个人生观，都拘囚锢蔽在官僚政治所设定的樊笼之中。

诚哉，斯言！在汉武帝时期走向成熟的中国官僚政治制度，在今日依然延续着强大的生命力。当今多数知识分子都降伏于体制的威力和利益的诱惑。印尼著名布道家唐崇荣在一次演讲中曾说过，他过去对拥有学位的知识分子有很大的期望，到头来则不免有很大的失望，因为越拥有高学历的知识分子，往往越自私、越会为自己打算，一心只为了赚更多的钱，结果他们用知识换取他们的财富，竟然甘愿这样度过他们的一生！看今朝知识分子，或归顺威权政治，或跻身朝廷获封，或热衷于体制内游戏规则，他们中的多数为个人名声、利益、地位、学术资本积累忙得不亦乐乎，无暇关注天下苍生、民生疾苦，甚至他们某些方面连汉代士人都不如，他们既没有进行抒发自我情怀而进行写作的才华——他们在受教育和学术训练过程中早被"驯化"，感性和悟性磨灭殆尽；他们也没有自我哀叹和整理人生的时间，有时，他们也感到内心深处的虚空，但没来得及倾听，也没来得及察觉，就用更忙的工作给予回避，用更多的外在荣誉堆积来掩盖生命深处的虚弱。

在这一制度内，只有极少数知识分子破茧而出，不被体制束缚，也不被利益诱惑，在孤单和寂寞中，他们或向西，走向蔚蓝色的海洋，追求民主、自由和独立，在民间为天下苍生疾苦呐喊，为弱势群体伸张正义，他们发出的声音不仅依托于学识，更来自于良知和勇气；他们或向上，仰望天空，寻求神性，追求圣洁，寻找失散的灵魂，看自己不过是一罪己。 他们中的前者是先天下之忧而忧，后天下之乐而乐；他们中的后者是以天上之忧而忧，以天上之乐而乐。他们虽然人数稀少，但却成了当代思想史和精神史最坚强的基石，因为在体制内完全被"驯化"的，虽人数众多，但其中的很多人不配称为现代意义上的知识分子，他们称为知识贩子、知道分子和知识混子可能更合适，即使有少数专业很优秀的，但因着自身局限，在专业范围内，没有担当起社会的责任和拥有关切他人生命的情怀，没有良知的敏感度和对道义的承担，虽很优秀，但也失去了灵魂。 而这群孤独者，是有福的，因为早晨流泪撒种的，总有一天必欢呼收割！

密尔对自由的思考

英国思想家约翰·斯图亚特·密尔（John Stuart Mill）在 1859 年所写的《论自由》被认为是从 1791 年美国宪法修正案到第一次世界大战前关于思想言论自由最重要的英文论著。他的《论自由》与洛克的《政府论》以及罗尔斯的《正义论》被并称为自由主义的三大经典著作。密尔当时写这部著作的原因就是感受到公众舆论对个人自由的威胁，而不是政府。在密尔看来，当时的英国来自政府对思想和言论的政治压迫已经减弱，而来自社会上的各种压迫却越来越大，这种所谓社会上的压迫，可以来自政党、社会团体、阶级或阶层、公众舆论、道德习俗，等等。在当时，政府之所以对思想和言论的政治压迫已经减弱，乃是因为在英国他所处的时代已是法治（rule of law）时代。法治将国家、政府与政治领袖都置于法律的规范之下，将这一原则作为政治体制的基础。在法治社会中，法律是社会最高的规则，具有凌驾一切的地位。所谓"凌驾一切"，指的是任何人包括管治机构、法律制订者和执行者都必须遵守，没有任何人或机构可以凌驾法律。所以法治与用法治国（rule by law）不一样，用法治国强调的是政府透过法律来控制人民，人民必须受法律拘束，但是政府与执政者本身超越法律，不必受法律限制。英国成为法治社会在历史上经过长期发展。1215 年主要由封建贵族和高级教士强迫国王约翰签署的《大宪章》是英国法治原则产生的重要起点。《大宪章》确立了构成英国宪法基础的一个基本原则：国王必须服从法律。1689 年英国议会又通过了限制王权的《权利法案》，国王统而不治，国家权力由君主转移到议会，政府的权力明显受到限制。

密尔开宗明义说他谈的自由"不是所谓的意志自由，而是公民自由或曰社会自由，也就是社会所能合法施加于个人的权力的性质和限度。"密尔用了大量篇幅详细讨论和界定各种自由的边界。认为，自由是个关系中的概念，他想给个人、社会和政府之间寻找出一条和谐共处的合适边界，因为在他那个时代，存在着公共舆论和道德意见压迫个人自由的情况。托克维尔在《美国的民主》中提出的"多数人"暴政问题也深深影响了他，因此该书中有不少内容是通过界定个体自由与社

《论自由》 约翰·密尔著　许宝骙译
商务印书馆出版

会权力的边界来阐述防范多数人暴政问题。为防范强大的社会舆论、公共道德意见对个人自由构成的威胁，密尔从精神层面强调了个人思想和言论的自由，以此保障个人免于社会多数人的舆论压迫。在他看来，公众舆论对思想和言论的压迫还会产生强大的道德压迫力量，少数派在群体压力下难以获得公正自由表达观点的机会。历史和现实的经验也告诉我们，带有宗教狂热、种族仇恨、狭隘民族主义、政治压迫等色彩的"公众舆论"，使个体在强大的公共舆论面前显得无助、无力。英国思想家柏克就曾针对法国大革命说过下面这段话：

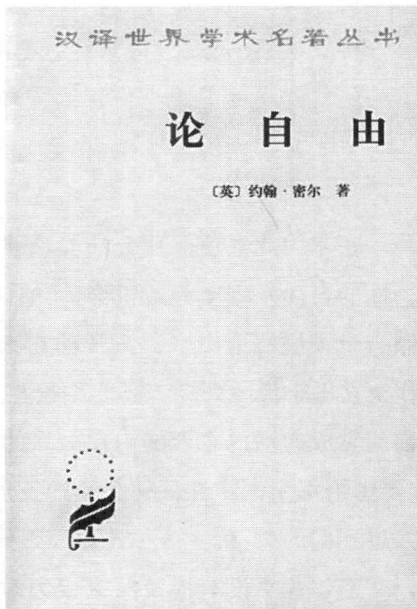

　　在这样一种群众的迫害之中,每个受害者就处于一种比在其他任何迫害下都更为可悲的境地。在一个残暴的君主统治下,他们可以得到人们的慰藉和同情以减缓他们创伤的刺痛;他们可以得到人们的称赞,在他们的苦难中激励他们高洁的恒心。但是那些在群众之下遭受伤害的人却被剥夺了一切外界的安慰。他们似乎是被人类所遗弃,在他们整个物种的共谋之下被压垮了。

　　密尔由此倡议,社会应具有多元性或多样性,应该保证每个人个性的自由发展空间或机会。 他认为,"人性不是一架机器,不能按照一个模型铸造出来,又开动它毫厘不爽地去做替它规定好了的工作;它毋宁像一颗树,需要生长并且从各个方面发展起来,需要按照那使它成为活的东西的内在力量的趋向生长和发展起来。"他还说:"要想给每个人本性任何公平的发展机会,最主要的事是容许不同的人过不同的生活。 ……凡是压毁人的个性的都是专制。"

　　密尔几乎没有提及国家权力对公众舆论形成的影响。 实际上,很多时候国家权力制造和掌控了公众舆论,尤其在缺乏法治和民主的国家,政府是可以发动群众直接掌控并操纵社会舆论的,在这些国家,当政府与社会舆论联合起来对个人压迫时,可以想象,受压迫者所处的环境是何等的糟糕,受压迫者需要承受多大的心理压力。

　　密尔在《论自由》中特别以中国为前车之鉴,他认为中国"是一个富有才能并且在某些方面甚至也富有智慧的国族",可是他们发展后劲不足,已变成静止,原因在于"使一族人民成为大家都一样、叫大家都用同一格言、同一规律来管制自己的思想和行为"以及对个性的压制。

　　密尔的《论自由》一书在 20 世纪初被译成中文在国内介绍,严复没有把这本书的书名直译为"论自由",他怕这样的直译给人带来误解,以为自由就是想干什么就可以干什么,他把书名译为"群己权界论", 所谓"群"是指社会,"己"是指个人,因此,"群己权界"

是指个人与社会的权利界限，强调了个人的自由必须以他人的自由为界。 可惜，当时中国面临异族入侵，国家面临瓜分，"国群自由"比"个人自由"更重要，所以严复虽然翻译了密尔的《论自由》，但没有引起学术界的注意，反而他译的主张生存竞争的《天演论》在当时社会上引起了巨大反响。

儒家的积极自由

　　当代英国哲学家以赛亚·伯林把人在社会生活中的服从和强制的可能界限区分为两种：一是积极自由，强调什么东西或什么人决定某人做这个，成为这样而不是做那个，成为那样的控制或干涉；二是消极自由，强调主体被允许或必须被允许不受别人干涉，让他做他有能力做的事，成为他所愿意成为的那个人。

　　显然，儒家伦理追求的是积极自由。正因为儒家伦理追求积极自由，所以有各样的具体伦理规则要求人。而这些具体的伦理规则和要求在道家看起来则成了对人性的一种束缚，尤其儒家伦理思想有泛化一切日常生活伦理化的倾向。赵汀阳认为，"儒家的礼也大概覆盖了所有规章制度，但几乎所有制度都被看作是伦理性的，或至少是必须由伦理去解释的。由此可见，nomos 所包含的生活场面比较丰富，而礼则把生活缩水为伦理行为。这一生活单调化的理解为中国后世的生活和政治埋下严重隐患。"儒家把生活缩水为伦理行为给生活带来的隐患表现在不尊重人的"常性"，即人的本能和天性，不尊重人的日常生活的丰富性和多元性。就如马，它的"真性"是"蹄可以践霜雪，毛可以御风寒，龁草饮水，翘足而陆"（《庄子·马蹄》），但儒家伦理思想非要以某种标准的伦理行为规训它，"烧之，剔之，刻之，雒之，连之以羁，编之以皂栈"，在其饥饿的时候不给它吃，在它渴的时候不给它喝，通过"饥之，渴之，驰之，骤之"的方式最终让它"整之，齐之"，即行动整齐、步伐划一地听命于某一伦理规条，这违背了马的"天放"。埴、木的本性也不是用来迎合圆规、角尺、钩弧、墨线，但社会偏偏要求前者"圆者中规，方者中矩"，后者"曲者中钩，直者应绳"。

庄子还认为这种用自己的意志来推行某种社会法度的治理方式是"欺德"，因为有可能在国家政治和个人内心都失德的情况下，"君人者以己出"的"经式义度"（《庄子·应帝王》）作为社会规范和秩序也必须被坚决维护，对"经式义度"的任何挑战都有可能被看作是伦理不正确。这也正是老子看不起儒家伦理的理由，老子发现，失德才会推崇礼："失道而后德，失德而后仁，失仁而后义，失义而后礼。夫礼者，忠信之薄而乱之首"（《道德经·三十八章》）。《庄子·马蹄》篇也有类似的表述："毁道德以为仁义，圣人之过也！"况且，这种不是发自内心而是出于某种目的去遵守社会伦理的行为，其产生的社会效果会让人变得虚伪，人们之所以纷纷遵守社会规定的礼乐和仁义，不是出于内心的真实需要，而是因遵循了它们，可以带来实际利益，于是"民乃始踶跂好知，争归于利，不可止"（《庄子·马蹄》），于是在中国古代"一经说至百余万言，大师众至千人，盖禄利之路然也"。由于仕途利禄的诱导作用，士人前赴后继，试图通过读经"学而优则仕"，所谓"遗子黄金满籝，不如一经"（《汉书·韦贤传》）；另一方面在这种阳奉阴违的社会普遍风气下，统治者"其于治天下也，犹涉海凿河而使蚊负山也"（《庄子·应帝王》）。

儒家的所谓牺牲小我、成就大我，即以小我归附于家、国并让家、国来决定自我的选择和存在价值的做法，确实存在着逻辑和事实上的陷阱，即认同"大我"，很可能被操纵"大我"定义的政治势力所奴役。所以，19世纪自由主义思想家托克维尔认为，要区分两种爱国主义，即"本能的爱国主义"与"反思的爱国主义"，他提倡后者，认为，除了在保卫民族的战争时期以外，"本能的爱国主义"即民粹主义，从长期的观点来看，并不见得能够给民族带来幸福。梁启超在这方面也做过反思，他说："试观二十四史所载，名臣名将，功业懿铄、声名彪炳者，舍翊助朝廷一姓之外，有所事事乎？其为我国民增一分之利益、完一分之义务乎？ 而全国人民顾啧啧焉称之曰：此我国之英雄也。 夫以一姓之家奴走狗，而冒一国英雄之名，国家之辱，莫此甚也！ 乃至舍家奴走狗之外，而数千年几无可称道之人，国民之耻，更何如也！ 而我国四万万同胞，顾未尝以为辱焉，以为耻焉，则以误认朝廷为国家之理想，深入膏肓而不自知也。" 之所以长期以来中国百姓误认朝廷为国家之理想，很大程度上乃是儒家推崇积极自由的结果。

追求消极自由的庄子

当代英国哲学家以赛亚·伯林提出了两种自由，一是积极自由，一是消极自由。所谓消极自由，就是强调主体被允许或必须被允许不受别人干涉，让他做他有能力做的事，成为他所愿意成为的那个人，也就是免于威胁、免于恐怖，免于被支配、被干涉、被奴役的自由。

显然，庄子追求的是消极自由，庄子推崇一种任其自然的人生观和世界观，这在《养生主》中得到了表达。在该篇中他认可了"十步一啄，百步一饮，不蕲畜乎樊中"的"泽雉"的生活抉择。也许这种生活选择意味着贫穷，但可以得到免于困于樊中的自由；樊中的雉虽然不必费力寻食，精力也十分旺盛，但在庄子看来是"不善也"。理想的人性应是保持人天性的："曰：'何谓天？何谓人？'北海若曰：'牛马四足，是谓天；落马首，穿牛鼻，是谓人。'故曰：'无以人灭天，无以故灭命，无以得殉名。谨守而勿失，是谓反其真。'"（《庄子·秋水》）庄子强调了"法天贵真"（《庄子·渔父》）的生活。

所以庄子讨厌儒家伦理行为对人内心的束缚，为摆脱儒家伦理行为对人的束缚，首先是轻看附着在遵守儒家伦理行为背后的"功"与"名"，这正是庄子在《逍遥游》中特别提到的，他认为理想人的境界如至人"无己"，神人"无功"，圣人"无名"。当一个人轻看"功"与"名"，不再被社会所推崇的"功"和"名"所辖制和诱惑，那么此时，他心灵就获得释放和提升，生命就会处在自适其适的状态。 庄子在《逍遥游》篇特别刻划了"抟扶摇、羊角而上者九万里，绝云气，负青天"的大鹏鸟形象以及藐姑射之山上居住着"乘云气，御飞龙，而游乎四海之外"的神人形象。 庄子所追求的是自由的心灵，这种自由的心灵使人类迈向卓越的境界，而不是让心灵仅仅局限在功、名，现行的制度和规则下，正如《逍遥游》中"蜩"与"学鸠"以及那些"知效一官、行比一乡、德合一君、而征一国者"所表现出来的那样。 庄子也用自己的生活诠释了这一消极自由。《庄子·秋水》篇记载，"庄子钓于濮水"，"楚王使大夫二人往先焉"，楚国承诺给予官位，但庄子"持竿不顾"，原因是人在庙堂之内可享受荣华富贵，但失去的却是个人的自由和生命的活力，他宁愿选择"宁其生而曳尾于塗中"的生活。 在《史记·老子韩非列传》中同样记载了"楚威王闻庄周贤，使使厚币迎之，许以为相"的故事。面对千金重利、卿相尊位，庄子依然不为之所动，认为获得爵位和名利是需要付出自由乃至生命代价的，就如"郊祭之牺牛"，"养食之数岁，衣以文绣，以入大庙"，最终沦落为被宰杀的地步。 他认清了这一现实形势，也为了让自己免于奴役和恐惧，他以"游戏污渎之中自快，无为有国所羁，终身不仕"作为自己的生活方式。

　　当一个人不拥有社会所推崇的"功"与"名"，或者没有如社会所要求表现出来的那样，这个人在主流文化中就有可能被认定为一个"无用"的人。 庄子为这样的"无用"的人和"无用"的生活进行了辩护。 他在《逍遥游》的结尾提到了一棵无用之树："今子有大树，患其无用，何不树之于无何有之乡、广莫之野，彷徨乎无为其侧，逍遥乎寝卧其下；不夭斤斧，物无害者，无所可用，安所困苦哉！"在庄子看来，在社会和他人眼中看起来"无用"的树可以安置在"无何有之乡、广莫之野"，它还可以享受免于被社会强制征用甚至受到戕害的痛苦——"不夭斤斧，物无害"。 在《人间世》篇庄子同样提到了无用之树。《人间世》篇的匠石只知有用之用而昧于栎社树的无用之用，栎社之树，以不材而保其天年，全生远害，乃无用之

大用。 南伯子綦则领悟到了大木的无用之用。 相反，有用之材如
柤、梨、橘、柚等莫不以其材用而伤损自己的生命，"实熟则剥"，
"大枝折，小枝泄"，"中道夭于斧斤"，不能尽其自然年寿。 人唯有
"无用"于世人，才能免于被谋划为工具。 庄子对"无用"的强调
表明了他对把生命沦为工具的这种社会价值观的拒绝。

　　庄子要消极自由，并不是要取消国家和一切规则，也不是想做
什么就做什么，只是希望给政权和国家划置一个行动的范围，限制
政权和国家给个人强制的范围和程度。 从这一意义看，争取消极自
由又何尝不需要积极的态度！ 庄子在《人间世》篇提到了"天下有
大戒二：其一命也，其一义也。 子之爱亲，命也，不可解于心；臣
之事君，义也，无适而非君也，无所逃于天地之间。 是之谓大戒。"
在庄子看来，人生活在社群中还是需要负基本的伦理责任，比如，
"事其亲"是一种"孝"的表现，"事其君"，是一种"忠"的表现，
"是以夫事其亲者，不择地而安之，孝之至也；夫事其君者，不择事
而安之，忠之盛也。"对于国家，庄子在《庄子·应帝王》篇提倡
"顺物自然而无容私焉，而天下治"、"明王之治……使物自喜"的理
念，即提倡帝王对百姓少干涉、顺乎民情、使事物各居其所，而不是
取消国家，走向无政府主义。

　　庄子之所以提倡顺物自然、尊重人的本性，反对社会伦理和政
权给个人带来的强制，尽量减少对百姓的干涉，是因为他认为，从道
的立场看，物无贵贱，故应遵循物性，任物各是其所是，诸如鱼以处
水为宜，猿猴以腾挪于树木为适，泥鳅喜欢潮湿，人则喜干燥。 要
做到这一点，庄子认为，人必须跳出自身的单极立场，以道观物。
庄子曾批评鲁侯以"己养"的方式养鸟。 鲁侯虽把鸟迎接太庙，"奏
九韶以为乐，具太牢以为膳"（《庄子·至乐》），但鸟"眩视忧悲，
不敢食一脔，不敢饮一杯，三日而死。"鸟的本性是"宜栖之深林，
游之坛陆，浮之江湖，食之鳅鲦，随行列而止，委蛇而处。"只有尊
重了鸟的本性，顺物自然，这才是"以鸟养鸟"的方式。

可见，一个人必须拥有一个不受人干涉的领域，允许我们自己决定如何处理或运用我们所处于其间的各种情势，庄子为这样自然、自得的伦理生活辩护，这遵循了人"天放"的本性，同时让人免于外在的各样奴役。从这个意义上说，庄子所倡导的"消极自由"值得肯定。邓联合也对庄子的这种"消极自由"在现代语境下的意义给予了肯定："在适当的历史境况下，这种深藏若无的责任意识和独立纯正的个体操守向现代社会中的自由公民人格的过渡和转化，乃是自然而然的事情。"

但消极自由也有它的局限性，在以赛亚·伯林看来，真正的自由不是通过自我克制、向内收缩，在自我的精神世界中获得宁静和自由，而是应在经验领域凭借其实践力量，通过排除现实的障碍和压制而获得自由——尤其指政治自由。在这一点上，庄子在解决政治自由方面确是不足，面对社会的不公、不义，面对强权者的奴役，庄子所做的是与之保持距离，而不是积极开展政治改革和抗争，更多的是退回到内心世界。总之，庄子所谓的自由更多是一种精神自由，是通过与现实世界、与他人保持距离而不是通过建立在制度化、合法化的基础上获得，因而，这种中国式的精神自由是散乱的自由，它不是人民自己积极争取来的自由，也不是统治者赐予的特权，而是松弛的社会组织与不完善的统治技术所遗留下的一点点精神的空隙，当统治者一旦收缩精神自由的空间，这种精神自由也随之有可能失去。

关注物质文化的汉学家谢和耐

　　法兰西学院院士、当代著名汉学家谢和耐曾出版过《南宋社会生活史》。此书 1959 年出版，出版此书时作者年仅 38 岁。此书标题若按字面翻译可译为《蒙元入侵前夜的中国日常生活》，该书以南宋杭州的人口、交通、教育、习俗、社会结构、吃穿住行、娱乐等方面作为研究对象，来描绘南宋的社会生活。这是一本非常有意思的书，他的研究是许多前人没有注意过的，比如他根据很多史料来发掘南宋时期杭州的火灾与消防、交通与供应以及卫生状况；他还研究当时杭州的人民穿什么样的衣服，普通人家的日常开支，甚至连厕所是怎么修的，地下水的系统是怎么样的也在他的考察范围内。这样的研究是我们国内学术界所缺乏的，国内学术界主要关注精神文化，甚少涉及与精神文化相辅相成并最终影响和制约精神文化诞生的物质文化研究。

　　美国华裔历史学家黄仁宇在《中国大历史》中说："西元 960 年宋代兴起，中国好像进入了现代，一种物质文化由此展开。货币之流通，较前普及。火药之发明，火焰器之使用，航海用之指南针，天文时钟，鼓风炉，水力纺织机，船只使用不漏水舱壁等，都于宋代出现。"谢和耐选定了南宋王朝末年（1227—1279）这一特定历史时期来考察和描绘中国的日常生活，这正好是南宋国都于 1276 年起陷于蒙古人之手以前的数十年。他挑选的区域是杭州地区，尤以杭州城本身为主。当时这个大都市称为临安，是南宋的都城所在，是当时世界上规模最大和最富庶的大都会。

作者与法国汉学家谢和耐 2010 年合影于巴黎地铁站

　　就如他自己在书中所评价的："十三世纪的中国，其现代化的程度是令人吃惊的：它独特的货币经济、纸钞、流通票据，高度发展的茶、盐企业，对外贸易的重要产品（如丝绸、瓷器），各地出产的专业化等等。 国家掌握了许多货物的买卖，经由专卖制度和间接税，获得了国库的主要收入。"那么当时南宋的都城临安它的物质文化表现在哪些方面呢？ 从城市人口来看，汉长安为 25 万人，唐长安为 60 多万人，北宋东京为 140 万人左右，元大都 88 万人，明北京为 84 万人，清北京为 76 万人，而南宋临安的城市人口，据美国学者赵冈的深入研究，总人口应有 250 万人左右。 从消防设置来看，谢和耐提到当时"每坊巷二三百步许，有军巡铺屋一所，铺兵五人，夜间巡警收领公事。 又与高处砖砌望火楼，楼上有人嘹望。 下有官屋数间，屯驻军兵百余人，及有救火用具（谓如大小桶、洒子、麻搭、斧锯等之类）。""当望火楼上的执勤兵丁望见任何地区冒烟时，白天竖起旗帜，夜晚悬挂灯笼作为火警的警报。 旗帜与灯笼的数字显示火灾的位置。 假使火警发生在朝天门内（御街经此，已废止不用），以旗者三；若发生在朝天门外，以旗者二；若发生在城外，以旗者一。"从卫生习惯来看，当时杭州人已养成良好卫生习惯，几乎每日洗澡，市内澡堂林立，"杭州约有三千间这类营业澡堂，每一澡堂足供一次百人沐浴之用。 很可能这些澡堂也给人按摩，并供应茶水酒类饮用，杭州人几乎每日留连眷顾。""杭州人皆习惯每日洗澡，不先行沐浴就不用膳。""富裕人家都自备有澡堂，因此光顾公共浴室的多为一般庶民百姓。 澡盆则有木制、铁制和陶瓷等质地。 澡盆内多置有小长凳，以为浴者倚卧之用，旁边备有毛巾供擦干身体之用。妇女沐浴则以屏风围起，肥皂则以豌豆和香草混合制成的液体。 通常将一块热铁或热石投入澡盆中，作为加温之需。"经过对杭州人民这样具体物质生活的介绍，作者得出"在蒙人入侵前夕，中国文明在许多方面正达灿烂的颠峰"，"在人民日常生活方面，艺术、娱乐、制度、工艺技术各方面，中国是当时世界首屈一指的国家，其自豪足以认为世界其他各地皆为化外之邦"的结论就比较可信了。

哈佛大学研究中国文学的学者宇文所安在《瓠落的文学史》中提到了他读《怀沙》时的困惑，他提出了我们中国学者很难提出的一大堆"匪夷所思"的问题："你是不是真的相信屈原在自沉以前写了《怀沙》？ 他确实把它书写在竹简上了吗？ 他是否用了那些结构复杂的楚国'鸟文字'？ 他又是从哪儿得到竹简的呢？ 既然砍竹子、削竹简不是片刻功夫就能做好的，屈原应该一定是随身带了很多竹简来着。 那年月一个人出门在外随身带一大堆竹简是常见的现象吗？""还有，屈原有没有亲自系扎这些竹简，以确保它们的顺序没有被破坏？ 用当时那些繁复的文字来写《怀沙》得花多长时间？ 在文学想象力的展翅翱翔和书写竹简的缓慢速度之间存在着什么样的关系？ 是谁把这篇作品从屈原流放的荒野带回文明世界？ 如果有这样一个人，那么他又是如何得到这篇作品的呢？"

　　宇文所安的提问带出屈原那个时代的"物质文化"的问题，因为精神文化需要物质文化来承载和具体展现，书写这一活动的物质性就像印刷的发明一样，对创作有深远的影响，文学内容在呈现和传播过程中要受书写的载体（比如竹简）、书写的方式（比如文字）、文本的传播方式等影响，也就是说要受当时物质文化之影响和制约。 宇文所安"无知"的提问里，包含了很多"有知"的人根本没想到的东西。

西方的乌托邦

西方对乌托邦的想象与叙述在西方文化中可称得上源远流长、丰富多彩。柏拉图的《理想国》开其端。最有名的有关对乌托邦方面的设想，要数16世纪英国作家莫尔的著作《乌托邦》，该书的全名是《关于最完美的国家制度和乌托邦新岛的既有益又有趣的全书》。乌托邦这个词ūtopia，是拉丁文的OU（无）和TOPOS（处所）的组合，意思是"乌有之乡"，用英文表示就是nowhere，可以译为没有的地方或"好地方"。中文译成"乌托邦"，是音译，也包含了义译，"乌"可以理解为"无"，"托"是寄托（美好愿望），"邦"是国家，意即一个在地上不存在的、空想的一个理想社会，对应于《庄子·逍遥游》末了提到的庄子所向往的一个地方，即"无何有之乡"，在那里可以"彷徨乎无为其侧，逍遥乎寝卧其下。不夭斤斧，物无害者"。这本书描绘了未来社会。书中有一个人物叫拉费尔·希思拉德，这是用拉丁文造的一个人名，意思是Nonsense Talker，可以译成"妄言先生"，他介绍他去过一个乌托邦王国，在那个王国里，每30个家庭为一个单位，从中选出一个主管，每10个主管中产生一个议员，组成国会，大家一起讨论国事，一起治理国家。官吏由秘密投票方式选举产生，职位不得世袭。公民们没有私有财产，每十年调换一次住房，穿统一的工作服和公民装，在公共餐厅就餐。居民每天劳动六小时即能满足社会需要，其余时间从事科学、艺术、智慧游戏活动。总之，这个国家实行财产共有，没有贫富差距，工作服从社会需要，婚姻由城邦或国家帮公众选择，人民生活幸福，实行宗教信仰自由政策。 莫尔在这部小说中第一次明确提出消灭私有制，建立公有制，希望幼有所养、老有所终，所以他的乌托邦小说也被视为"空想社会主义"的重要文献。

莫尔在小说中建构他的乌托邦世界没问题，因为小说仅仅表达的是一种美好的愿望，但当这种美好的具体愿望，比如《乌托邦》第二卷所详细介绍的政治制度、法律、军事、外交、宗教信仰、生产方式、公有制的经济制度、婚姻制度和衣食住行等搬到现实并被强制执行尤其被独裁者运用时，这种美好的愿望是否会产生可怕的现实后果？ 答案是显而易见的，纳粹德国和前苏联的教训就是。 当独裁者按其理论设计社会蓝图而罔顾民生时，就会导致这样可怕的现实后果。 更可怕的是，独裁者为了保障他理想的实现，以及理想的纯洁性，还对反对他理想的人进行全面"清洗"和"整肃"。

未来的历史是否可以设计，历史决定论者认为是可以的， 他们认为，人可以通过理性的能力计算和设计出对历史运行的轨迹。 但英国哲学家波普尔在《历史决定论的贫困》和《开放及其社会敌人》中批评了这种理性主义的狂妄，他认为对未来是不可以设计的，我们不可能预测历史的未来进程，历史决定论的基本目的是错误的，历史决定论是不能成立的。 波普尔从逻辑角度对其进行反驳，他认为人类历史的进程受人类知识增长的强烈影响，我们不可能用合理的或科学的方法来预测我们的科学知识的增长。 所以，我们不能预测人类历史的未来进程。 波普尔不反对对社会的顶层设计，也不反对对社会发展前景进行预测，但强调这些都需要"可证伪性"，若一种理论的提出无法"可证伪"，永远正确，这说明这理论已与脱离日常的经验和事实不远了， 因为凡是经验界内的事物，它具有相对性，所以是可证伪的，也就是说依靠有限经验得出的结论并不是永恒的真理，总是存在着在将来某一天被证伪的可能性。 而那些"永远正确"无法证伪的东西，事实上已经否定了人类在此问题上已取得的认识。

　　莫尔没想到，后世的人们竟然把他的乌托邦小说与 20 世纪纳粹德国和前苏联在国家和社会层面的"乌托邦"运动联系在一起，纳粹德国和前苏联在国家和社会层面的"乌托邦"运动导致了人类 20 世纪巨大的人道主义灾难，由此导致了西方一系列反乌托邦小说的诞生，如扎米亚金的《我们》（1920）、赫胥黎的《美妙的新世界》（1932）、乔治·奥威尔的《一九八四》（1948）。 在这些小说中，他们都提到了现代社会人们对理性过分崇拜，相信通过人类理性思考和技术进步可以设计出一个更完美的社会，最终埋下了导致技术集权、政治集权的集权主义的祸患和危险。 在高度集权即高度专制的社会里，领袖们相信，也通过掌控的舆论让人们相信，为抵达领袖们心中的这个乌托邦，一切代价的付出都是值得而且理所当然的——包括以大屠杀的方式清除不适宜的人群。

中国的桃花源

　　中国古代文人心目中的桃花源世界主要来自陶渊明的《桃花源记》。《桃花源记》约写于 421 年，讲述晋太元中，一武陵捕鱼人偶进与世隔绝的桃花源，发现此地景致别样，"芳草鲜美，落英缤纷"，人们"黄发垂髫，并怡然自乐"。 待武陵人告辞，寻旧路再访桃花源时，却找不着，无果而终。 桃花源实为人间无有之地。

　　按照陶渊明所描绘的，桃花源是一个十分美好的世界，就自然风景来说，这里桃花盛开、芳草青绿、溪水流动、农田平旷、农舍俨然；就桃源人生活场景来说：日出而作，日落而息，春播、秋收；就社会风尚而言：邻里亲善、和睦，团结互助，对武陵渔人有问必答，家家户户好酒款待。 而武陵渔人所生活的外面世界则是战争、灾难不断，有层出不穷的苛捐杂税，民不聊生，所以桃花源的人听了渔人"一一为具言"后，"皆叹惋"。

　　作为美好世界象征的桃花源自然吸引了后世文人、画家对其写诗图绘。 在陶渊明所描写的桃花源世界中的桃花、渔舟、渔人、溪水、良田、美池、农人、松树、酒等文学元素，在后世诗歌和画作中也有出现。 王士禛《池北偶谈》在谈到以桃花源故事为题材的诗歌时说："唐宋以来，作《桃源行》最佳者，王摩诘、韩退之、王介甫三篇。 观退之、介甫二诗，笔力意思甚可喜。 及读摩诘诗，多少自在。 二公便如努力挽强，不免面赤耳热，此盛唐所以高不可及。"这种"高"，不是诗艺之高，而是意境之高。 后世图绘桃花源世界的绘画作品有元代王蒙的《桃源春晓图》、明代文徵明的《桃源问津图》、仇英的《桃源仙境图》、清代吴伟业的《桃源图》、任预和任伯年的《桃源问津图》等。

《桃源问津图》局部　明　文徵明　纸本设色

　　就思想渊源而言，陶渊明的桃花源应当来自《诗经·魏风·硕鼠》中的"逝将去汝，适彼乐土。乐土乐土，爰得我所。"陶渊明在《桃花源诗》中所描绘的"相命肆农耕，日入从所憩。桑竹垂余荫，菽稷随时艺。春蚕收长丝，秋熟靡王税"的桃花源正是人们梦想中的一方乐土。

　　与西方乌托邦文学不同，陶渊明对理想社会的设计受道家影响，"桃花源"不指向未来，而是指向过去。《桃花源记》中生活的人

《桃源问津图》　清　任伯年　纸本设色

们只知过去，而不知现在和未来，"问今是何世，乃不知有汉，无论魏晋"，他们是"先世避秦时乱"迁移到桃花源这个地方的，他们生活方式简朴、与外界交往很少，"不复出焉，遂与外人间隔"，这与《道德经》第八十章所写的"甘其食，美其服，安其居，乐其俗。邻国相望，鸡犬之声相闻，民至老死不相往来"，以及《庄子·马蹄》片中所提到的"至德之世"中人们"同与禽兽居，族与万物并，恶乎知君子小人"是相似的，可以这样说，是老子的"小国寡民"社会和《庄子》的"至德之世"给后世的桃花源描绘提供了一个蓝本。

西方的乌托邦世界是完全理性的共和国体现，而中国的桃花源则是中国古代文人避世、逃世、隐逸思想的体现，它是文学和审美的，而不是对社会蓝图的一种具体设计。明代沈周在《桃花源图》中说："啼饥儿女正连村，况有催租吏打门。一夜老夫眠不得，起来寻纸画桃源。"面对不如意的社会世界，他们要逃到"桃花源"中去。对于桃花源中的"小国寡民"社会，当政者也不会按照其蓝图设计现实社会，事实上这也是不可能的。说到底，道家设计的理想世界不是生活的常态，以选择退出人际活动甚至不愿与世俗为伍、隐居山林的避世方式不是人生的首选，毕竟大多数人是生活在社会文化和秩序的脉络中，尤其当人心不再本真、私欲横行，道家包括陶渊明还要以怀古和托古的方式解决现世社会中的丑恶和人性的丑陋，这样的设想不仅幼稚也显得不切实际。所以当代作家张晓风袭用了陶渊明的题材，但写出了不同于古意的戏剧作品《武陵人》。《武陵人》中武陵渔夫黄道真偶入桃花源，他享尽了桃花源的幸福，比照出了原籍武陵的痛苦。但令人惊讶的是，他主动放弃留在桃花源，毅然返回武陵，原因是现实中的武陵虽然丑陋，不是生活的天堂，有痛苦，但却是实实在在的，也是生活着的人需要去面对和承担的。

宗教篇

宗教对话可能的吗？

在今天宗教多元又强调沟通交往的时代，宗教对话可能的吗？对一个认信者来说，既然他是某一宗教的认信者，自然他委身于某一宗教，在双方宗教对话时，在价值立场和终结关怀取舍上，他自然选择他所认信的宗教，而不会选择其他宗教，否则他岂不改教，或本不认信？ 所以，宗教对话达成共识的更多不是教义内容层面，而是对对话的基本精神的共识。 比如，既然是宗教对话，双方就不能先预设自己的立场和观点是全部正确的，认为己方是一种绝对真理，不容对方商榷与改变，否则，这样的对话不是一种真正的对话，而是一方的独白与另一方被动的接受；宗教对话也并不意味着必须丧失自己的宗教立场，改变自己的身份，也不一定要达成统一的结果；宗教对话意味着首先要去聆听对方，尊重对方，在对话过程中重新发现我们自身还未认识的，生命还未开放的部分。

也有宗教对话达成深度效果以致让对方改教的。 如艾香德博士（Dr. K.L. Reichelt 1877—1952）与佛教徒、道士的对话。 20 世纪 30 年代，艾香德博士受北欧一个教会的差遣在南京水景山设立宣教机构，因南京时局不稳，宣教机构遂迁移至香港，并在那里买下一座山，即如今的道风山。 艾香德博士有一异象，就是要给和尚、道士传福音。 于是，道风山成了宗教对话的地方，艾香德博士也定期邀请和尚、道士共同来探讨生命的真谛和人性如何获得自由。 据说，来道风山的和尚和道士几十年间有 150 多位，最终受洗皈依基督教的有 30 多人。

貌似庙宇的道风山基督教教堂

在傅士德《属灵传统礼赞》一书中提到一宣教士劳柏。 1929年，他应邀参加菲律宾岷嗒那岛附近的福音工作。 当地人信回教，起初，他工作一点没有效果。 每天傍晚，他一个人登上木屋后方的信号山，感到既灰心又孤单，他多么期待上帝与他同在。

在漫长的等待中，有一天黄昏，当他再次坐在山顶上时，内心有一个声音对他说："我儿，你一直失败，是因为你没有真真正正的爱这些摩洛族人。 你自觉比他们优越，因为你是白种人。 假如你能够忘记你是美国人，只想着我如何爱他们，他们就会回应你。"劳柏向着落日回答："神啊，如果是你的话语的话，请继续赐给我。""假如你希望摩洛族人公平对待你的信仰，你也要公平地看待他们的宗教，与他们一同研习他们的可兰经。"

下山以后，劳氏告诉当地祭司，他希望研究《可兰经》。 第二天，他们涌进了小屋，各人臂下都夹着一部《可兰经》，准备让宣教士变成回教徒。 于是，他们带着各自的目的走在一起学习《可兰经》。

在整个事件过程中，劳氏也不强求对方信什么，甚至什么也没做，除了为他们代祷和在他们中间生活时思想神。而他这样做的结果是，两名回教祭司领袖反而到处为他宣传，告诉回民，如果他们当中有想认识上帝的，劳氏可以帮助他们。

每个宗教都有自己的教义真理，并发展出一套护教学。但信仰的对象并不等于一套总结出来的教义真理，一个人的信仰模式也并不等于信仰本身。美国宗教学家斯威德勒就呼吁教义真理去绝对化，他认为信仰者所谈论的教义真理有它的局限性：一是被语言所局限，语言不能完全呈现真理本身；二是被解释和理解所局限，信仰者在谈真理时，已经过自己的观察和解释的取舍，因此，他呼吁宗教对话双方不要固执"己"见，甚至进入对话的人必须对自己和自己的宗教或意识形态传统，至少有最低限度的自我批评态度，并努力"从内部"去体验对话伙伴的宗教或意识形态。遗憾的是，这种对话精神在国内无论跨宗教信仰对话还是同一宗教内部对话，都还未养成，面对异教徒甚至同一信仰不同教派传统的人，要么不屑与之对话，或对对方教义和信仰嗤之以鼻；要么没等对方讲完，就批判和否定对方的观点，轻易地给出自己早已准备好的答案。他们因着一种不安全感，永远故步自守在自己的信仰模式里，不愿向他人、向自然，甚至向绝对的他者，进一步开放自己。这样的信仰是可悲的。

欧洲信仰衰退的反思

一个显明的事实是欧洲的信仰衰退了。

在历史上，欧洲曾是信仰的发源地和中心。 公元313年罗马皇帝君士坦丁颁布米兰敕令，在罗马帝国内施行自由的宗教信仰，基督教初次取得与其他宗教相同的权利。 一直到君士坦丁统治后期，基督教虽没有取得合法地位，但实际上已是罗马国教。 公元394年，狄奥多西一世作为罗马皇帝，宣布基督教正式为国教。 基督教从此在欧洲发展迅速。 世界天主教的中心设立在罗马梵蒂冈，并一直延续至今。 马丁·路德和加尔文的宗教改革也是从欧洲发起。自此，路德宗、加尔文宗，再加上英国的安立甘宗（圣公会）成了基督教的主要宗派。 后来，因着信奉加尔文宗的英国清教徒受到逼迫，他们乘着"五月花号"来到了当时是英国殖民地的北美大陆。 从此，信仰在北美开始被传播。 基督信仰成了美国立国的原则和精神。

欧洲也经历过几次大复兴（如18世纪约翰·卫斯理领导的英国宗教复兴），但慢慢地世界信仰的中心开始转移到北

[英]约翰·卫斯理（1703—1791）

美。 在 19 世纪兴起的海外宣教中，美国派往中国的宣教士占整个中国宣教士的 60％，欧洲的宣教士仅占 40％。 到了当今，美国成了世界上派遣海外宣教士最多的国家，韩国排第二，而欧洲对海外宣教的影响越来越微不足道。 甚至欧洲本地的教会生存都成了问题。在德国，我欲参观的一些教堂已被改建成博物馆，有的教堂则改建成清真寺。 信徒的人数则在不断下降，尤其越来越多的年轻人不再传承父辈的信仰，不再相信耶稣基督是他们的救主。

我曾问过法国小伙子 Pierre 对耶稣基督的看法。 Pierre 说他妈妈是虔诚的天主教徒，小时侯他妈妈带他去教堂，当他不去的时候，屡次遭到妈妈的批评，由此他对基督宗教产生逆反心理，讨厌去教堂，但由于幼小，最终还是随从妈妈的意愿去了教堂。 后来，他在外地上学、工作，妈妈自然对他鞭长莫及，也无法监督他上教堂，如今他已长大独立，妈妈对他的信仰状况再也不好说些什么。

Pierre 拒绝信仰的原因不能成为对欧洲信仰的衰退的一种普遍解释，他对信仰的拒绝有他自己个人化境遇的一面。 据我观察，欧洲信仰衰退的原因主要有以下几个方面。 一是科学和理性的兴盛导致对这个世界的解释的去魅和去神秘化。 工业革命、文艺复兴、哲学启蒙运动、自由主义神学的兴起都首先发生在欧洲。 基督信仰与其他宗教区别在于坚持两大核心：一是创造论，相信上帝无中生有；二是救赎论，相信上帝能让死人复活。 这种带有神秘的、超自然的事件是科学和理性无法测度的，也不能解释的，所以当欧洲人越来越迷恋用科学和理性来解释这个世界的时候，对基督信仰的解释也开始去神迹化和奥秘化，所以越来越多的人不再相信童贞女玛利亚因圣灵感孕，也不再相信基督能死里复活。 世界的三种光：恩典之光（对应的是启示）、理性之光（对应的是哲思）、自然之光（对应的是科学）最终化约成后两种光。

我与阿尔多瓦大学宗教研究所的一位法国学者讨论过信仰，曾直截了当地问过他是否是天主教徒。 他给予我的是一种哲学化的回答：当你谈论上帝时，上帝将离你而去；当你不谈论上帝时，上帝离你很近。他引用的是启蒙运动时期的代表人物伏尔泰的话，伏尔泰是不认信基督信仰的，显然，这位学者也是用哲学的方式来思考神学和基督事件。

欧洲信仰衰退的原因也表现在一个多元时代人们对终结诉求和终极关怀寻求的多元性上。很多西方年轻人甚至学者不再相信基督教是唯一拯救之路，虽然《圣经·使徒行传》4章12节这样说："除他以外，别

［法］伏尔泰（1694—1778）

无拯救。因为在天下人间，没有赐下别的名，我们可以靠着得救。"但很多人认为如今是条条大道通向终极之实在，这终极之实在，在基督教那里是上帝，在佛教那里是佛，在道家那里是道，在儒家那里是天理，在伊斯兰教那里是"安拉"。甚至在教会内部，有些信徒和神学家不再相信耶稣基督是唯一的救赎之路，他们更愿意相信普救论，尊重每个人独特的宗教经验，直面邻居的宗教经验和不断变化中的生活世界，所以导致基督信仰在现代处境中被弱化和淡化，反而其他宗教信仰和宗教经验被尊重、彰显、维护，甚至肯定。

欧洲信仰衰退的原因还表现在欧洲人生活过分的安逸上。生活的过分安逸使欧洲的年轻人缺少受苦的心志。没有受苦的心志，欧洲的年轻人缺少了对海外宣教的动力，甚至也不愿去做神甫和修女。做神甫和修女意味着守贞洁、贫穷和顺从三愿。而如今在物欲横流的时代，人人放纵自由、享乐有理，很少有年轻人愿意放弃欲求

去过一种清贫、节制、圣洁的生活。

　　我的法国学生中，绝大多数是没有基督信仰的，看着她们娇艳的面庞，青春的笑容，女生当中很流行的抽烟，男女间自由的恋爱和同居，在这样的青春享受和挥霍当中，不知他们有一天是否会在生命的尽头和人生的绝境当中像他们的祖辈那样，向他们父辈的上帝吁求？

信仰、智性与苦难（一）

在 20 世纪中期的法国，出
现了一位伟大的女子，被称为
"当代的帕斯卡"，她的名字叫
西蒙娜·薇依（Simone Weil）。
薇依生于 1909 年，死于 1943
年，在世上仅生活了短短 34
年，生前未发表任何文字，逝世
后遗留下的笔记等资料经朋友
整理后发表，著作共约二十卷。

作为一位杰出的宗教思想
家，她的一生就是在自甘受苦
和期待上帝中度过的。 她对上
帝是虔诚和热爱的，她反复强

青年时代的西蒙娜·薇依

调，"对人不能寄托信念"，"神圣的东西，远不是人身，这是在人中
的部分。 人的一切非人的部分是神圣的，唯有这部分才如此。""应
当毫无例外地通过一切外在之物去感知现实和上帝的存在"。 可以
这样说，爱上帝贯穿于薇依的一生，尤其在薇依生命的最后几年，她
连续写了几篇论文，如《正确运用学校学习，旨在热爱上帝的一些思
考》《爱上帝与不幸》《内心爱上帝的几种形式》等，来表达她对上帝
的热爱以及热爱的方式。 薇依自己也说过，生命对她来说，归根结
底除了对真理的期待之外，从没有任何其他的意义。 但是令人奇怪

的是，这样一位热爱上帝的信徒竟然不是一位基督教徒，并且在受洗不受洗这一问题上挣扎了很久，最终在 1943 年去世之前也不肯受洗，这对把自己一生都献给上帝并一生都在期待与上帝之爱的薇依来说，是不可思议的，值得我们询问和探究。

1942 年春，薇依写信给时任梦佩利耶修道院院长的贝兰，为自己的不受洗作了解释。薇依确信受洗是灵魂得以救赎的绝对条件，但她认为自己在受洗问题上还有几个问题在困扰着她。

首先是教会问题。薇依认为，教会是社会事物，一个集体，由于是社会事物和集体，在教会里所发生的圣事行为就有可能与世俗行为并无区别，也就是说，信仰本来是一种私人的行为和情感，在教会里就有可能转变成集体行为和集体情感，甚至有可能为了某个目的而演变成集体狂欢。这种事情在历史上并非没有过，如十字军东征、宗教裁判，等等。由于教会容易激发人的集体感情，那么有人就会借着集体的名义干一些罪恶的勾当。薇依说："肉体让人以'我'（moi）来说话，而魔鬼则说'我们'（nous）；或者如独裁者那样，用'我'（je）来说话，却带有集体的意义。"而薇依自身天性合群，她怕自己一旦受洗后，易被这种集体事物的感情所影响，她担心自己感染那些带有"尘世故土"的集体感情。

薇依对教会的疑虑不仅在于教会作为一个团体，有滥用权力的倾向——事实上也是如此，因为任何团体毫无例外地都有滥用权力的天然倾向，而且也在于在教会里真理很难得到传播，在她写于马赛的 1942 年夏的《精神自传》里，薇依对真理如何传播表达了自己的看法。她认为真理只能在小范围内面对面传播，"谁都知道，只有在三、两人之间才会有真正的贴心话。若是在五人或六人之间，集体的话语就已开始占上风。因此，当有人把'哪里有你们之中的两、三人以我的名义聚会在一起，我必在其中'这样的话运用在教会上，那他就把意思完全理解反了。基督不曾说过二百人，或五十人，或十人。他说的是两或三人。"真理也是隐秘的，"基督曾向教会许诺，但是他的任何诺言都含此意：'神父深知奥秘。'上帝的话是奥秘的话。没有听到这话的人即使熟知教会所教诲的一切教义，同真理仍是无缘的。"

薇依对自己迟迟不受洗的另一个原因是对基督教教义的怀疑。基督教的教义对其他宗教的教义有排他的倾向，同时对基督教徒与非基督教徒做了有限制的区分。薇依认为，除了基督教之外，世界上还有其他她所热爱的宗教，比如摩尼教、阿尔比教。而当时恪守教规的教徒与不信教的人之间的距离正在拉大，这也是薇依所不愿看到的。薇依需要的是同不信教的劳苦大众打成一片，成为他们的一员，融化在其中。她甚至这样设想，无论在什么情况下，她将永不入教，为的是因宗教而使自己同普通人相隔。

薇依对当时基督教教内的基督教徒也是不满意的。她所以不喜欢基督教徒，是认为他们的所作所为缺少信和诚。他们虽然受洗了，成了教内的一员，但他们缺乏对上帝实质性的爱。薇依不禁要问，在这样物欲横流的社会，有多少人真的信仰上帝，把自己完全交出去。因此薇依有理由怀疑大多数信徒参与圣事仅作为象征和仪式，其中还包括一些根本不信圣事的人。薇依甚至不喜欢基督徒谈论圣洁的那种方式，认为他们在谈论圣洁时好像在谈论一件美妙的事，而他们自己却剥夺了它。他们虽谈论它但却没有最终拥有它的原因在于他们仅想通过谈论它来拥有它或获得它，但却不曾片刻向它致意或在其中，也为自己不在其中而自责和忏悔。

在对待受洗、教徒与非教徒两者关系以及基督教徒行为上，显示了薇依与当时教会以及人们信仰方式的严重分歧。就连薇依一直所敬重的贝兰神父也不理解薇依为何不受洗，在他们看来，受洗是灵魂救赎的绝对条件，是一个人走向信仰的必然事情。事实上，薇依在受洗这一问题上的迟疑及回应，昭示出了薇依在走向信仰过程中不同于大多数人的地方，即薇依是在手执智性武器和背负苦难及不幸走在信仰的途中，朝向上帝。

信仰、智性与苦难（二）

在薇依的《精神自传》里，薇依表明了智性在她精神世界和信仰世界中的作用，她说："才智本身的功能要求得到完全的自由，它包含着否定一切的权利，不接受任何统治。 凡是才智取得支配权的地方，便有极度的个人主义。 凡是才智处于窘迫境地之处，便有一个或几个压迫的团体。"因此，薇依要用智性质问一切，她的最终不受洗也表明了她这一态度的坚决。 她在临死之前说："我在某种意义上对我觉得最确实可靠的事情本身持怀疑态度。 但这怀疑对我的一切思想都等同视之，不管是同教会的教义相符的或不符的，都一样。""若非如此思考，我就会犯下有违我天职的罪，我的天职要求我保持智性的绝对正直。"

智性除了使自身的思想获得完全自由外，同时也是使自身的信仰的纯洁性和真实性得以保证。 薇依认为，人容易为了某种目的或受了外界影响而去做某一件事，而不是完完全全出自内心的意愿，在受洗这件事上，她也担心自己受到外在人为的影响而有可能犯错误和产生幻觉。 她不希望自己在不适当的情况下接受洗礼，如果洗礼了而又内心后悔了，哪怕这后悔仅是一瞬间极轻微的，这都是对"信"本身的亵渎。

薇依反对受洗以及基督教徒的一些圣事行为，还表明了她的信仰路径与他们的不同。 她的信仰是背负着苦难，是从苦难中生长出来的。 也就是说，薇依扎根于大地，从大地的广袤和阴沉中感受到上帝的爱和力量，而不仅仅像一些基督教徒以谈论上帝为能事，以圣事活动为执耳。

薇依时刻让自己处于苦难之中。1933年10月，年仅24岁的薇依被调到罗昂，她在雷诺厂找到了一份工作，以便全心全意地体验工人的生活，尽管她当时患有头疼，身体又虚弱，但她决不提高自己的生活条件，她要与工人在同一层面上生活。在这之前，作为中学老师的她已开始为失业者争取救济金而四处奔波，并把自己的大部分薪俸分给了失业者。1936年，西班牙内战爆发，薇依执意参加后方的救援工作，与人民一起感受真正的战争灾难，并力所能及地为灾区和伤员服务。1941年，她又在阿尔代什过农家生活，帮助农民栽种庄稼和收获葡萄。1942年，她在伦敦为法国临时政府起草有关国家与个人相互间权利和义务的备忘录。她执意要分担战区内法国人民的苦难，严格按国内敌占区的同胞们的食物配给量来领取食物。她还拒绝医生因她过度疲劳而批给的特别规定的食物。她次年的死最终与她的营养不良有着很大的关系。

病痛的折磨，生存的艰苦，肉体的劳累，生活的漂泊，心力的憔悴，如果说这一切个人不幸因薇依自愿承受而觉得无足轻重外，那么他人的不幸薇依就不可能无动于衷了。面对世上的许多不幸，薇依总是感觉自己心神不宁。薇依说："在我的智性上，我内心深处感到越来越严重的撕裂的痛苦，原因是我不可能同时设想在真理之中有人的不幸，上帝的完美以及这两者之间的联系。"她在写给神父的信中也这样说："只有在一种情况下，我确实不知道这种信念为何物……接触他人的不幸使我痛苦非常，肝肠寸断，以至热爱上帝一时对于我几乎成为不可能的。我就差一点说出不可能这几个字了。"（《书简之六：最后的想法》）

实际上，薇依通过信以及通过对个人有限性的认识，她更加在谦卑和期待中朝向信仰。面对神的无限和全能来说，人显得有限和渺小，人只是一个被动的动物，也就是说，不是人要不要决定自己去寻找上帝并且能够找到上帝，而是由上帝决定要不要降临到你的身

薇依（国内有译成韦伊）的中文版传记

上，给你以神秘的启示。 你只有在期待之中，等待这一时刻的到来。 薇依自己也是这样认为的，她说："尘世之外，有一种现实，除了注意力和爱，人的一切官能都把握不住它。 同它相应的是位于每个人内心深处的绝对的善的要求。"人之所以时刻要提醒自己要朝向真理，是因为人往往易被自身的恶和利益支配着，总是直接或间接、或近或远地以个人的利益为出发点思考问题和发生行为，因此，人很难做到有至善之心和向善行为，"人只是在一闪之间才会摆脱尘世的规律。 停顿、静思、纯粹直觉、精神空虚、接受道德空虚的瞬间。 人通过这些时光可能做到超自然。"

意识到了这一点，薇依自觉使自己朝向善的生活。 朝向善的生活意味着把自身交出去，过贫穷的生活，把自己的手与他人的手牵拉在一起，一起感受和体验他人的痛苦和无助，并通过对生命不幸和脆弱的体会，我们自身生发出爱的力量，在爱中，我们相互依偎在一起，通过爱，我们与上帝获得了某种关联。 薇依在不同场合也表示："除了爱，人同上帝没有，也不可能有其他关系。 不是爱的东西同上帝就无关系。"（《柏拉图作品中的上帝》）爱才使我们的心灵有了朝向，我们就有可能在这个朝向中触摸到上帝的存在。 而爱是需要行动的，而不是议论、空谈和理解。 薇依之所以让自己过着艰苦的生活，本身就意味着她时刻在承担着人的苦难，也在感受和分享他人的苦难，在和他人一起感受苦难中，薇依的爱散发出去了。

这样，我们也就不难理解薇依对当时基督徒谈论纯洁而自身不躬行而感到的愤怒。 那些谈论纯洁的基督徒之所以没有深刻意识到，谈论纯洁是一件多么困难的事，因为人身上罪孽深重，人有何纯洁可言？ 柏拉图说："我们诞生、生活在谎言中。 我们诞生、生活在被动中。"而人要谈论纯洁必须先去掉自身身上的恶，对自身身上无可挽救的恶进行限制，不让自己被恶这一力量拖着沉沦和下坠，而去掉恶谈何容易，因为"每时每刻，在此时此刻，猛兽在我们身上占有一份"。 正因为意识到去恶是那么不容易，薇依自身对此保持很高的警惕。 而去恶最好的办法就是让自己向善，并通过行动来加强这种信念，即在爱和望中加强自己的向善之心，并通过这种向善与上帝获得某种关联，同时也使自己在与上帝关联中获得战胜恶的力量。 因而，要使自己纯洁，必须在实践中把这种意向传达出来。这种意向就表现在她自己具体的日常行为和对他人的爱中。"基督并不拯救所有向他说'天主、天主'的人。 但他会救助一切最少想到他，但却以一颗纯净的心灵把面包施予饥饿者的人。"（《致一位修士的信》）薇依用自己一生的受苦与关爱他人强调了这一点。

《扎根》 中文版薇依作品　　　　《源于期待》 中文版薇依随笔集

　　薇依在信仰、理性、苦难这三者之间形成的张力说明了这样一个问题：薇依她信奉的是真实先于基督，无论是她接受信仰，感受到了上帝的降临，或是她的智性怀疑一切，对教会和基督教徒进行了严厉的批判，还是她在不幸中爱人和爱上帝，这一切对她来说都是真实的。

　　总之，在薇依身上，信仰、智性和苦难三个方面是有机联系在一起的。 在她那里，信仰和智性构成两头，而苦难与它们相连，苦难加强了薇依的信仰，薇依在不幸中爱人和爱上帝，同时智性也用苦难来质疑上帝的完美。 信仰和智性在她那里最终也取得了平衡。她自己也是这样认为的。 她认为自己"在智力方面对各种思想一视同仁的态度与热爱上帝不是不相容的，而是每时每刻在内心深处怀着一种崭新的爱的祝福，每次这种祝福都是永存的，是纯洁无瑕的和清新的"。 如果说人有能力质疑一切，人的这一能力本身也是上帝对人的恩赐；人也容易在不幸中感受到上帝最深层的爱，《马太福音》5 章 4 节说："哀恸的人有福了。"

　　由于这三个方面有机整体地联系在一起，她的信仰、理性和苦难在受洗这问题上所形成的冲突以及相互激荡不仅没有损害薇依作为一个虔诚的基督徒（不是基督教徒），同时也把薇依个人纯粹的品质、高贵圣洁和自身独特的个体性显示了出来。 薇依个人纯粹的品质表现在她灵魂中最温柔与最坚强勇敢的结合，她的高贵圣洁则表现在她甘受苦难、率直坦诚的一面。 而她的独特的个体性表现在她对上帝和他人的关联上。 她对上帝充满热爱和虔诚，但她从不勉强自己为了某种目的而受洗或表现出对上帝的爱，她时刻关心他人，并自愿与最底层的人生活在一起，承受他们的苦难。 但她又拒绝让这种行为成为一种集体的行为，带着目的的行为。 她希望自己能始终隐姓埋名地同全体人类打成一片，消融在他们之中但又不成为他们的一部分，同他们打成一片，但又不属于任何一方。

　　法国评论家 J·马多勒说："能够改变一种生活的书是很少的。而西蒙娜·薇依的书就属于这类书之列。 在读了她的书后，读者很难还保持读前的状况……"马多勒的评价是精辟的，薇依当之无愧。

修道院与修女

　　法国北部加莱海峡省省会阿哈斯（Arras）是一个自然环境与人文环境都非常优越的地方。 在我居住的这座城市里，有一个很有名的修道院。 修道院里有很多修女嬷嬷。 她们终生未婚，守贞洁愿，愿意把自己当作新娘"嫁"给耶稣基督。

阿哈斯修道院

　　曾几何时，去阿哈斯教授中国汉语和文化的中国学者就住在修道院里。 修道院的嬷嬷每天按着修道院的节律生活。 她们待人和善，通过严格的节食操练身体，照顾穷人和病人。 据回来的中国学者说，他们在阿哈斯生活一年，都被"嬷嬷们"惯坏了。

　　欧洲修道院兴起于公元 3—4 世纪。 当罗马帝国确立基督教为国教后，教会开始随从世界的样式，越来越世俗化，于是，一些追求圣洁和渴慕与神相交的信徒相继离开城市，离开繁华喧嚣的俗世，退居沙漠或人烟稀少的地方，并在那里修筑修道院。 4 世纪的埃及，沙漠教父安多尼因离世独居而出了名。

　　修道院里的修女修练的是贞洁、贫穷和顺从。 她们愿意为着耶稣让自己成为一个贫穷和谦卑、甘愿服侍他人的人。 获诺贝尔和平奖的特雷莎修女践履的就是主耶稣在十字架上的喊叫"我渴"。 她在每个人的面庞和眼光中读出了他们的饥渴：无家可归的人"渴望"有一个安定的住处，在街上流浪心灵漂泊的人渴望有一个精神上的故乡，躺在垃圾堆旁等待死亡的得绝症重病患者渴望有尊严地死去，患大麻风的人渴望获得他人的尊重并有相应的医疗护理……

1979 年诺贝尔和平奖获得者特雷莎修女

特雷莎修女都一一满足了他们的"渴"。 她践行耶稣所教导的："我饿了，你们给我吃；渴了，你们给我喝；我作客旅，你们留我住；我赤身露体，你们给我穿；我病了，你们看顾我；我在监里，你们来看我。"（《马太福音》25 章第 35—36 节）在 2008 年去世的法国当代最受敬重的修女以马内利有 20 多年时间在埃及开罗与拾荒维生的穷人为伍，她协助他们在贫民窟中建设学校、诊所、养老院。 多年来，针对"法国最高知名度暨最受欢迎人物"的调查中，以马内利修女一直是排名居前的女性。 IFOP 民意调查机构负责人说："有意思的是，正当教会的影响愈来愈小，上教堂的法国人愈来愈少时，却有那么多人把票投给了一位老修女，把她视为自己的至尊与至爱。 这样的结果无疑说明了，人

中文版《活着，为了什么》的作者以马内利修女

们尊崇的是她的价值取向，而不是她的身份或职业。"

因着上帝的爱，修女们自愿牺牲、奉献，并对他人一视同仁、平等，这在中国文化中是陌生的。 中国的儒家文化强调的是有等差的爱：最爱的是自己和亲人，其次爱自己的朋友，最不爱的就是那些与己无关的陌生人，尤其是那些无权无势生活在底层的一介草民。 所

以在生活中，对陌生人粗暴野蛮无礼、随意践踏他们的权利和尊严的现象随处可见。 英年早逝的学者余虹在自杀前曾写过一篇文章，他在美国遇见了一种陌生的爱，这种爱他在中国没有体验过。 那是2007年美国弗吉尼亚州校园枪击案中，韩国留学生在枪杀了32个学生和老师后选择了自杀。 凶手的姐姐写信给美国民众，为她弟弟的罪行向他们忏悔和道歉。 美国的一些民众回信说，我们也有责任，当你弟弟来到美国陌生环境求学时，他渴望有人帮助他，当他在异乡寂寞孤独时，渴望有人陪伴他，当他面临跨文化冲突时，渴望有人协助他，他"渴了"，但我们却没有回应和关心他的"渴"。

特蕾莎修女说，这个世界处在"渴"和饥饿的状态，这个世界最缺乏的不是粮食，而是缺少爱，缺少对他人心灵饥渴的回应和行动，因为人人都需要爱，人人都需要从他人那里获得尊重和关顾。

神学家加尔文

　　加尔文（1509—1564）出生于法国的诺瓦永，曾受过极好的人文教育，1534 年取得法学博士学位。　由于卷入巴黎的宗教改革事件遭到当时政府通缉，于 1534 年年底流亡国外，并终身成为一个流亡者。　1537 年第一次受聘日内瓦协助宗教改革，失败后遭驱逐。1541 年第二次受聘日内瓦，成为日内瓦教会的牧师，直至 1564 年去世。

在家乡诺瓦永的加尔文博物馆

加尔文的故居上写着加尔文的出生日期

　　加尔文究竟是怎样的一个人？

　　首先，他是神学家，但他所做出的贡献远超过一般对神学家的定义。作为第二代的宗教改革家（马丁·路德属于第一代），他对基督新教基本教义的理解及系统概括，成为新教中影响最大的一个宗派改革宗教会的教义核心，而这个宗派对于西方社会的政治、经济、科学等多个领域产生重要的影响。著名社会学家韦伯在他的名著《新教伦理与资本主义精神》一书中通过社会学的实证研究，用可靠的资料和可信的数据说明了新教伦理对资本主义发展所做出的贡献。内地有学者也调查过，长江三角洲的企业家总体比珠江三角洲的企业家对社会担当更多，企业发展可持续性更强，重要的原因之一就是长江三角洲的企业家有信念的更多，尤其温州企业家很多有新教背景。

　　加尔文是信念比较执着的人，就像他自己所说的，有信念的人，就会把自己的职业变成志业（事业），并无怨无悔地把一生的生命、时间、青春、才华都投入进去，哪怕遇到危险、挫折、未来的不确定，但他还是始终不渝，继续前行，因为他在其中找到了人生奋斗的永恒意义。 在参观了他的故居、了解了他的生平后，加尔文这一点让我感受非常深刻。 他 6 岁丧母，父亲是当地主教的助理，年幼时父亲就给他规定了读神学，但后来考虑到律师职业使人致富，父亲又叫他学法律，加尔文是个孝子，他遵行了父亲的要求。 但他一直保留着自己的梦想，他喜欢文学，文学是他的第一爱好。 1831 年他父亲一去世，他就重返巴黎大学专攻文学与古典文学。 加尔文母亲是虔诚的天主教徒，加尔文从小也信天主教。 当马丁·路德改教的声音传到当时他正在读书的法国大学时，他经过认真思考，决定改信新教。 当时法国政府对法国境内的宗教改革施行了严厉限制，不少因反对天主教转而改信新教者遭被捕并被施以火刑，其中包括加尔文的一些朋友。 于是加尔文在 1534 年 10 月被迫逃离法国，1535

诺瓦永的加尔文博物馆外景

年1月抵达瑞士巴塞尔。 这是一次让他心有余悸的逃亡，在22年后所写的《诗篇注释》序言中，他如此回忆描述了当时的处境："当我隐居于巴塞尔时， 只有少数人知道的情况下，有许多忠心与圣洁的人却在法国被烧死。"

再者，他是一个做事比较认真严谨的人，他写了一本《基督教要义》，1534年在法国时就开始写，但他一直在修改，1536年开始出第一版本，此书直到1559年最终改动完毕，整本书前后修改时间横跨20多年，修订达4次，这最后一版（1559年）从篇幅上比第3版（1543年）增加了80%，从原来的21章增加到了80章。 可见作者

加尔文博物馆中的加尔文肖像

学术之严谨，做事态度之认真。 此书出版奠定了他在神学思想史上的地位，而此书写作耗时之长、修改次数之多与曹雪芹写《红楼梦》相似，曹雪芹写《红楼梦》"五易其稿，批阅十载"，只不过前者成了神学经典，后者成了文学经典。

加尔文神学也有他的局限，由于他学法律出身，思维偏向于理性和严谨，这导致加尔文在他的神学建构中有点偏向于律法和惩戒，而不是强调爱和宽恕。 若把加尔文的某些神学观点推演到极致，加尔文就走向了加尔文主义。 推行加尔文主义的教会往往高举教义规条，一个缺少爱和宽恕、过于强调教义规条和惩戒的教会易走向爱自己的教派多于爱教会，爱自己的教义多于爱真理，最终走向爱自己多于爱别人的下场。

在圣彼得大教堂

2010年5月下旬，我有幸去了一趟意大利罗马，瞻仰了梵蒂冈和圣彼得大教堂。

当我随着潮水般的人群排着队拥向圣彼得大教堂的入口处时，被眼前圣彼得大教堂建筑的宏伟气势震住了。可以说，这是世界上最大的教堂，总面积约2.3万平方米，主体建筑高45.4米，长约211米，最多可容纳近6万人同时祈祷。贝尼尼设计的教堂广场充满"匠心"而又不"匠气"：站在圣彼得大教堂上看柱廊围成的广场，广场的形状像一个心字形，像两只手拿着一个虚拟的球合拢而成，这象征着教皇对天主教子民一种围护的爱，也表明教皇对各色人等宽广的爱，也象征着上帝对子民一种宽广和覆庇的爱。广场的设计非常大气，上百根需要几个人才能合围的大理石圆柱子在蓝天白云下呈弧状排列，而白的色，圆的形，细腻的纹理，粗壮结实的材质使整排大理石圆柱看上去一点也不显笨拙。

进入教堂内部，更被教堂内到处都是美轮美奂的艺术品弄得眼花缭乱，不知从何看起。教堂内的一张张壁画、一座座雕塑处处洋溢着文艺复兴和巴洛克风格的装饰，让你感觉自己走进了一座博物馆或艺术殿堂。虽然在这里"朝圣"和瞻仰艺术的人很多，但教堂内很安静，大家在这里轻声细语，放慢脚步。如果你想小憩片刻，旁边则有祈祷室和小教堂，你可以端坐下来，敛情静心，让忙碌虚空的心灵在这里"停泊"，用心感受周围"圣光"笼罩下的庄严和神圣。

俯瞰圣彼得大广场

　　圣彼得大教堂在君士坦丁大帝资助下于 326 年至 333 年在圣彼得的墓地上始建。 16 世纪，教皇朱利奥二世决定重建圣彼得大教堂，并于 1506 年破土动工，直到 1626 年 11 月 18 日正式宣告落成。重建过程长达 120 年。 一个教堂重建竟花了这么长时间，这在中国不可思议。 不过，当我发现在紧挨着的西斯廷教堂即教宗礼拜堂两幅绘画《创世纪》《最后的审判》创作所花费的时间后，我对西方艺术家做事的专业、虔敬和完美有了进一步的认识，对他们建造一个教堂要花这么长的时间有了更深的理解。 穹顶画《创世纪》由文艺复兴三杰之一米开朗基罗画了 5 年，壁画《最后的审判》他用了 7 年， 这真是"十年磨一剑"，"慢工出细活"。 可惜，在追求速度和效率的今天，这样的专业精神已不再具备了，难怪这个时代是一个大师消失的时代。

教堂内部穹顶

　　相较中国的建筑，我更喜欢西方的建筑，风格上两者是诗意清秀与神圣深邃的对比，材质上是恢弘坚韧与小巧柔美的相互映衬。西方是用大理石造房和雕刻；中国则用砖、瓦垒屋和在泥塑或墙壁上涂划；中国的门太方方正正，西方的拱门则高大而流动；中国的天井和屋檐，把雨水和光线接进了墙内，诉说着自然与人的合一，西方的穹顶则恢弘与神圣，高到不可再高的穹顶（圣彼得大教堂从地面到圆顶中央的高度与 40 层大楼的高度等同），是地与天的连接，期待和邀请着在天上的众光之父神圣地降临，而从玻璃穹顶中射下来的自然光线则成了众光之父传递的信息。

　　原来宗教信仰的表达是可以如此的辉煌，如此的艺术。 只有愿意把一切都奉献给上帝的人们，才会愿意集世间之珍美和花毕生之精力献给祂。 圣彼得大教堂集合了当时最优秀的画家、雕刻家和建筑师，用最好的材质，创造出了最大气的建筑和辉煌的艺术。 人类伟大和非凡的创造力与上帝的神圣和庄严在此交相辉映。

附录一:《圣经》文学与中国化图像——访画家何琦

近日, 著名旅美艺术家何琦博士在宁举办个人画展 (2012 年 2 月 19 日至 29 日)。 何琦画展由国内著名现代艺术策展人南京艺术学院顾丞峰教授担任策展, 展览地点在南京草场门北京西路的艺事后素现代美术馆内。 笔者在展览现场采访了他。 以下是笔者与他的对话 (笔者简称包, 何琦简称何)。

包: 何老师, 您好, 我以前在南京大学听过您的讲座, 您那次讲座专门讲基督教艺术, 我也看过您的简历, 知道您 1983 年经丁光训院长介绍, 进入金陵协和神学院工作, 主要授课《西方基督教艺术》。 我更感兴趣的是您在绘画中把西方《圣经》文学题材用中国化图像来处理。

何: 这要从我的经历谈起。 1978—1981 年, 我去西藏, 那几年我一直临摹西藏壁画, 那时我刚从南师大美术系毕业, 被派到西藏工作。 1981 年我回来后在江苏美术馆工作。 西藏的那几年写生对我绘画产生了影响。

包: 是的, 我在您的画作中认出了西藏的一些文化元素, 比如《圣经·出埃及记》14 章描写以色列人在摩西带领下过红海, 当时有法老率领的六百辆特选的车和埃及所有的车以及军队, 他们在后面拼命追赶, 前有红海挡路, 结果是摩西在耶和华帮助下, 用杖让海水分开, 以色列人下海中如走干地, 平安无事, 埃及人则被水回流淹没了车辆和兵马, 跟着以色列人下海的法老的军队, 连一个也没有剩下。 但在您的画作中, 则用两个藏族服装打扮的姑娘用藏族舞蹈

《过红海》 何琦 年代不详

的方式完成了法老兵败被洪水冲走的场景。

包:作为叙事性文学题材的《圣经》进入中国,并用绘画的方式表现出来,主要从晚明开始。 起初西方传教士也用西方的绘画方式描绘《圣经》故事,但中国百姓尤其底层百姓的视觉经验和视觉习惯都是本土经验,不适应西方绘画语言和图像造型风格,如图像里那些人的胡子、那些房子结构,以及背景等等,都是异文化,这些异文化产生的视觉符号的排斥力始终在百姓聆听信仰传播的过程中被突出显示,百姓对信仰核心耶稣本身也就不再关注。 所以 19 世纪戴德生要求内地会传教士在中国内地完全过"入乡随俗"生活,并要了解中国底层百姓生活视域。 除了西藏视觉符号外,您在您的绘画中还结合了哪些中国本土视觉符号?

中国内地会的传教画

　　何：我的宗教绘画中确实有很多中国元素，比如民间美术中的剪纸，我小时侯喜欢剪纸，曾在国外办过一次剪纸展。我的绘画中也有中国传统山水画的视觉符号，比如在《出埃及记》第 2 章所记载的摩西出生的故事中，法老的女儿到河边洗澡，她看见箱子在芦荻中，打发其中的一个婢女拿来。我在绘画时让法老女儿的婢女穿中国古代水袖衣服，"芦荻"替换成了"荷花"，犹太人婴孩摩西则是中国民间美术中福娃的形象。在犹太人大卫与扫罗的故事中（见《圣

经·撒母耳记上》16—19 章),扫罗当王后妒忌百姓喜悦大卫,一直
想方设法杀他。 为了展现扫罗追杀大卫,中国戏剧舞台中的视觉符
号,京剧的脸谱、马鞭、戏袍,我都用上了,但少年大卫手上拿的竖
琴及肩上斜背着的放石子用的袋则符合原初文本记载。 另外,中国
传统壁画式的线条,西北民族的装束,甚至云南重彩画派使用的水
粉等,都可以在我绘画中找到影子。

《发现婴儿摩西》 何琦 年代不详

《大卫与扫罗》 何琦 2001

包：有评论指出您的绘画艺术，在内容上采用了西方普及的基督教教义《圣经》中的故事，在美术的形式上采用的是中西合璧的装饰画的手法，其中有中国画的勾线，填色，皴擦，也有西画的对比、明暗、大块着色；有较为具象的造型，也有抽象的手法。 知道您有这样的专业背景，本科就读于南京师范大学美术系，硕士和博士就读于南京艺术学院，专攻艺术史。 1991年在德国汉堡艺术学院做访问学者。 在诠释流传于西方两千年来的《圣经》文学题材时您融入了大量现代特别是中国东方元素，在东西方文化碰撞中试图找到一个完美的切入点。 您为了照顾中国观众的本土视觉经验，绘画中采用了很多中国视觉元素，但您有没有考虑过，当您的视觉符号过于"中国化"时，是否会面临一些困境，比如对不了解《圣经》文学的中国观众来说，在他们看来，你讲述的是一个中国故事，与西方他者一点都没有关系,如标为"所罗门断案"(见《圣经·列王纪上》第3章)的一幅画作中,西方的文化符号在绘画中几乎找不到,再如发生在加利利地区的迦拿婚筵故事(见《圣经·约翰福音》第2章),在你的画中见不到任何犹太人的习俗,也见不到故事的主角耶稣,充斥画面的是中国西北的婚俗;对于外国人来说,他们在欣赏您的画作时,若画作中没有西方文化元素,他们能读懂画面中所讲的本是西方文化中的故事吗?

《所罗门断案》 何琦 1999

《迦拿婚筵》 何琦 1996

何：这确实是一个很有意思的话题。 为什么发生在公元前 10 世纪古代中东地区的所罗门断案故事用的是中国北宋时期包拯断案的视觉图景，如果仔细想一想，在文化传播和影响上是有可能的。因为在北宋时期有犹太人定居开封，《旧约圣经》有关所罗门王断案的故事在犹太人中间流传，自然有可能在当地民间流传，对不熟悉异文化的中国民间百姓来说， 他们就可能把这一故事复制拷贝到包公事迹中不是没有可能的。 以色列国王所罗门提审两个真假母亲，儿童的恸哭使真母亲心痛万分， 由此假母亲露出真相。

包：看了您这 30 多幅画作，给我印象最深的是用色，尤其您色彩感非常好，用色大胆，如青色和蓝色这样中国画中少用的颜色，您使用后使您的画风充满迷幻,迷离,与宗教的那种神秘与畏惧相对应。 另一个是中国少数民族和民间美术的夸张和变形的构图所产生的绘画效果与您吸收了西方的毕加索等立体主义的构图模式相得益彰。 另外,您的画装饰性很强,所用的纸质也很好,用的是高丽纸,不是宣纸,这种纸柔韧性很好,画画时先用墨勾勒出轮廓和线条,然后在背面用水粉画,水粉撒在上面肌理扩散开来真的很好看。有个发现,您的画作在 2008 年以后越来越少,不知您以后在视觉符号和构图模式上是否会有所改变?

何: 我现在对德库宁、夏加尔的绘画很感兴趣,估计将来的画风会做一些改变。

包: 好的,采访就到此,谢谢何老师。

何: 不客气。

附录二:《圣经》文学与中国化图像——访画家岛子

岛子是中国当代在基督教艺术中国化方面比较有影响的画家。他在探索用水墨表现《圣经》题材和主题方面取得相当成就。笔者感兴趣于他在画面中如何处理《圣经》题材以及如何在画作中呈现出视觉和思想两方面的神圣性,故有了采访他的念头。

以下是笔者与他的对话(笔者简称包),文中的图像全采自岛子的画作。

包:"竹"成为中国传统文人画领域里非常重要的一个题材,自宋有之,但其中的主题内涵没有变化,竹与梅、兰、菊并称为"岁寒四友",一直到清代郑板桥,也是以画竹而闻名。这个"竹"其实一直是表现儒家人格的象征,在中国这样的文化语境中要想改变人们对"竹"寓含的文化意义很难。您是怎样通过一系列途径让您画作中的"竹"无论在视觉语言、视觉形象还是视觉寓意方面展示出基督教的神圣含义?

岛子:杜甫有诗《苦竹》:"青冥亦自守,软弱强扶持。味苦夏虫避,丛卑春鸟疑。轩墀曾不重,剪伐欲无辞。幸近幽人屋,霜根结在兹。"作者咏物明志,以苦竹的物性象征甘贫乐道之君子人格。清代浦起龙解诗说,老杜"素不作软语,此诗乃目睹其物而哀之,不觉自暴甘苦"。卑苦,但自持德性高洁,遭受剪伐而隐忍缄默,已经十分接近献祭精神。问题是自周初人文主义天道信仰转型以来,中国文人只有德性天、义理天,却远离人格天的信仰。超验的精神性匮乏原因就在于将"神道设教"当作工具理性而不是价值认识,发生论和动机论都有问题。 孔丘所谓"朝闻道,夕死可矣",仅仅止于天道信仰的慕道友基准,老庄则停守在自然主义的神秘衍义,实为无神论滥觞。 因此我们看到,神格的缺失是中国的儒家文化、道家文化最大的一个欠缺,在这两种文化里,都没有认识创始成终的宇宙的唯一真神。 道家的开山始祖老子(约公元前 571—前 471)说,道法自然,这个自然就是"自然而然",他就再也没有终极追问了,至于庄子(约公元前 369—前 286),自管逍遥而不知救赎。 至于泛神的道教,汉代以后即流于世俗化的炼丹、养生。 救赎就是神化的思想源于道成肉身的奥秘。 而真正的宗教,是唯一不受文明衰落和对社会绝望所影响的力量,是把人类与更广阔的终极实在、超自然者联系起来的力量。 人类失败和无能的时刻,也应该是永恒的力量得到证明的时刻。 在儒、道、庄禅传统里,我看不到这种精神力量。2008 年我画出第一幅竹子,就给出它一个位格,相对于人格的神格,于是就有了十字架《苦竹》。 这幅作品力图给出"道成肉身"的灵韵,给出上帝临在的一个异象,基督的临在不是要废弃儒道释,乃是要在祂里面成全。 在中国绘画史上没有这样的竹子,在西方艺术史上也没有一个竹子十字架。 因此说,《苦竹》有一个双重的建构。其笔墨依势造形,纵横相生,每一个笔触都是一个淋漓酣畅的生命体。

包:您的基督教绘画对《圣经》的阐发更多是一种观念性、寓意性或单景式的,比如"约""天使""教堂""圣灵""耶稣像"而不是场景性和故事性的,而场景性和故事性作为绘画内容和题材在西方基督教绘画中常被使用,比如"天使报喜""最后的晚餐""犹太之吻""基督被钉十字架""基督复活",是您在这方面忽视,还是遇到表达方面的困难或其他?

岛子:没有忽视,相反这些题材我都画过。 对于圣水墨,写意和抽象手法可能更自由,更适合灵性表现。 其实,即使近代以来的西方基督教艺术也不再全是场景性和叙事性的,那是一套被历史固化、符号化的视觉模式。 上帝是灵的存在，灵性的提升也就是圣水墨的全部所值。 再者，写意和抽象宜于个体主体性视角来阐释福音信仰。 现代艺术的法则是看你怎么画，不在于画啥，这个"怎么画"当然不只是形式创造，还应当包括艺术家的信念、情感、价值观、表现力、文化反思能力……我不是在画圣经故事或可视化图像，而是在"书写"，书写一种被遮蔽的踪迹。

我最初画大横幅圣餐，纯水墨，用中国书法的书写性，所谓的"书法入画"，以书法的草书笔意造型，一笔下来，就带有抽象性，写意性。 一笔连起来，象征耶稣基督是和我们连接在一起的。 一条颤动的曲线，从远处看，她像一个心电图的显现。 一个欧米伽的所指符号，一个欧米伽原型的变体，其能指不再是欧米伽本身。 欧米伽两端的线，代表着始终，它是可以

《苦竹》 岛子 纸本水墨
147×367 cm　2008

无限延伸的。 那么当它变成蓝色底色的时候，凸显在中心的就是耶稣基督，它像一滴巨大的泪。 泪珠中间透出一个灵，一个飞升的灵体。 在圣餐的时候，耶稣基督的灵体已经要走了。 所以他要求门徒纪念他，这个圣餐也是耶稣基督要在人间建立教会的异象，吩咐门徒把福音传到人间极地。 这是一个终极救赎，是一次分别，直到基督重临。 我在画圣灵的时候，都使用了这样一个欧米伽变体。 诸如《神的灵运行在渊面上》、《圣灵、血、水》等等。 这个希腊字母欧米伽和阿尔法即象征着无始无终、自有永久的灵性。"我是阿尔法，

我是欧米伽;我是首先的,也是末后的;我是初,我是终。"(启22:13)《圣灵、水、血》《圣记》是读解我作品的一个符号源,也是解码的钥匙。 我们的洗礼不单是用水、血,且用圣灵来浇灌,方可以说我们洗祛了兽记,与圣洁有份。 欧米伽的这个圣水墨形态,也近似于"子宫"意象,我画《天使报喜》,玛利亚的形象就是这样一个变体的融渗的欧米伽,里面含有对于圣母孕育基督的爱。

《圣灵、水与血》 岛子 纸本水墨 年代尺寸不详

包:有人认为,一个宗教艺术家即使拥有再正确的神学观念也不足以保证他在创作时一定拥有"宗教表现力",神学家保罗·蒂利希也认为,一个人描绘宗教题材并不能保证自己就能制造出宗教的本质。 您是怎么理解上述这些话的,并避免仅仅用神学观念和宗教题材展现艺术中的宗教神圣维度?

岛子：像宇宙有浩瀚的群星，神学也是丰富多样的，这是由于基督的表征是多元的，基督教艺术本身是一种神学，是艺术神学。我个人认为好的基督教艺术应该是表现基督精神的艺术，而不是解释教义或某一正确的神学观念。它要具备三个要素：艺术才华和创造力所保障的形式创新、对基督的彻底委身、对社会批判的敏感性。

包：在您看来，民国时期以陈路加、王肃达等为代表的辅仁大学师生的本土化圣水墨运动不是很成功，主要的问题是在本土化实践过程中仅仅强调了文化上的差异与适应，没有带出水墨中对上帝的道和灵性的表现，能否就这一问题详细谈谈什么是理想的或您心目中的基督教艺术本土化。

岛子：1920 年代，机枢主教刚恒毅在辅仁大学撰文说，中国的庙宇、天坛等传统艺术对于教会有极好的适应性，适合本土化。他反对在中国建一个罗马式、哥特式或巴洛克式的教堂以及圣像。所以他就寻求一种适应性形式，就是本土化。1919 年 11 月 30 日，教宗本笃十五世发布《夫至大》通谕，对于刚恒毅推动中国天主教的本土化，担当起了至关重要的作用，成为理论与教律上的有力支撑点。1968 年，台湾光启出版社出版了他和几位主教合著的《中国天主教美术》，对本土化艺术实践的影响很大。但我个人认为，在本土化实践上，仅仅强调文化上的差异与适应，上帝的道可能已经漏掉了。但我不能说辅仁大学的圣艺术实践是失败的，因为它奠定了本土化基础的同时，也带来了处境化的反思条件。

本土化(inculturation)及处境化（contextualization）是艺术实践的两个观念。本土化与道成肉身奥迹的动力与过程有紧密关系。圣子的降生发生在特定的历史背景和地理环境中。在拿撒勒人耶稣身上，上主穿上了典型人性特征，包括一个人隶属于某个特定民族及某块特定土地。土地的物理特性及其地理限制与圣言取肉身这一事实紧密不分。因着降生圣言的生活、死亡及从死者中复活，耶稣基督现在已经被宣称为所有造化、全部历史及人类对完善生活之渴望的完成与实现。 在祂里面，所有宗教和文化传统的纯正价值，如仁慈、怜悯和正直、非暴力和正义、孝德及与造化寻求和谐等，均寻获了它们的完成与实现。 没有任何个人、民族、文化能够对发自人类情境之核心的耶稣的吁求表现得无动于衷。

本土化也被认为与教会的使命紧密联系在一起。 作为教会精髓的福传使命，必须要经历一个本土化的过程。 如果福音与文化是不同的两种东西，那么福传与本土化自然就紧密联系在一起。

相应的是处境化问题，一直为神学反思所广泛接受，关注的不仅是文化这个难以定义和描述的概念，而且还关注宣讲福音时的特定环境。 这特定环境不仅由各种文化因素所组成，而且由社会、经济、政治、种族及其他因素构成。 处境化这个概念帮助民众及艺术家在具体情境中做更明确的决定，它允许人们以种族、性别、反潮流和被压迫等群体之一来描述全球化情形。 如果说本土化依靠文化的适应性和选择性，而处境化更强调历史的反思性和现实的批判性，二者在观念和实践上显然不同。 我更倾向于处境化的创作，我画雾霾、画圣女林昭，也像画被钉十字架的基督一样，这时的神是忧伤的。 处境化要求我们担当，和祂一起背负十字架。

包：水墨相较于西方油画颜料在绘画语言和媒材方面自身有哪些特殊表现力？

岛子：我在一篇文章里写道，毛笔这个东西，就是神赐给中国文化的神圣礼物。 东晋郭璞撰文《笔赞》说："上古结绳，易以书契。经天纬地，错综群艺。 日用不知，功盖万世。"汉代杨雄则认为毛笔是"天地之心"的发声路径，他曾反诘道："孰有书不由笔。 苟非书，则天地之心、形声之发，又何由而出哉！ 是故知笔有大功于世也。"中国古代文人已经意识到，毛笔与人的灵性是联系到一起的，是主体性表达的重要媒介。

水墨奇妙，但并不比其他媒介容易上手。 基督教本身和水有关。 水，在圣传里面不断成为表征，一个非常重要的表征。 后来我提出水墨艺术要研究水法。 有一次研讨，我说，墨法、笔法，水墨里面还有一个重要的水法，水你单独用它，它都是一种语言。 有年轻评论家认为水墨就是水墨，水，离开墨就不成立。 我大致是从本体上说的，水墨的神学意义，形上意义。 从物性上说，墨，离开水更不成立，清代之前墨都是墨锭。墨的干湿浓淡焦，都是对水而言的。墨法的实质其实是水法。 如果没有神学的思考，水，离开墨就不成立。 其实有很多人用茶水做水墨，仅仅是做效果。 还有，宣纸，它主要材料是树木，草，稻草，麦秸，芦苇等，有的造纸植物也是中药，防腐，防虫，后来又加了棉麻，更有韧性，且有隐隐的暗香。 这种质料轻盈，柔韧，半吸水，半透明，其物质形态本身就是

《耶稣圣像》 岛子 纸本水墨
80×150 cm 2007

一种语言。 水墨的时间性，看起来在瞬间完成，但它是时间的绵延和运动，时间在里面延展，其他的媒介很难替代。 现代水墨颜料可能并不比古代好，古代画师往往自己制作颜料。 我后来有意用丙烯。 丙烯在纸上很有效果，也是半透明的，但我用的很少，比如只用了钛青、金粉。 金粉、泥金都是不好用的颜料，金色甚至都不能作为色彩系谱，但丙烯金色恰恰会被水墨吸收，会形成一些油画或水彩的稳重感，会加强色彩的饱和度。 至于其他方面的考虑，那就是更适应于灵性和灵韵的表现，光感，宣纸本身带有透明的光感，即使装裱起来，从后面看，他会反透，版画纸、水彩纸都不行。

实际上我思考的更多的是精神性艺术在当今的可能性，它所面临的严峻的挑衅性，我如何建构它。 中国的水墨里边，笔意、笔法、

书写性,本身更宜于蕴含形上的、超验的、苦难感的、灵魂的灵性。笔墨的黑白、浓淡、枯润,自由笔法的千变万化,都可以寄寓圣道、彰显灵性。 它的书写,它的运动,都可以寄寓精神性的崇高。

包:相较于当今影视、装置、行为艺术以及各种观念、传媒图像、科技图像的出现,架上绘画有边缘化趋势,您有没有想过要突破目前架上水墨绘画,引进架下绘画,以此增强艺术表现力? 请诠释有或者没有背后的理由。

岛子:20 世纪 90 年代末,当表现性水墨、新文人画、都市水墨还在绘画性层面上探索时,从事实验水墨的一些艺术家已经开始进入了空间(水墨装置)、观念(文字水墨)、媒介(新媒体影像)等新的领域进行探索了。 特别是在进入 21 世纪后,一些实验水墨艺术家已经开始思考水墨这一传统材质及水墨这一本土艺术形式的当代可能性问题了。 一些艺术家转化了审

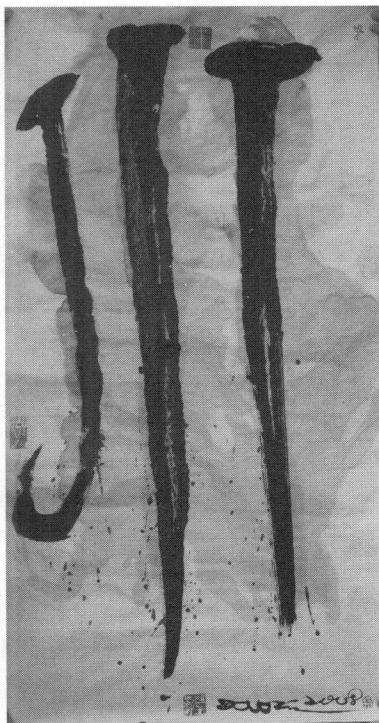

《圣三一颂:圣钉》 岛子 纸本水墨
70×140 cm 2008

视"水墨"的角度,将"水墨"理解为艺术表现的媒材,试图冲破"水墨唯画种论"的惯性思维,尝试把"水墨"仅仅视为一种艺术表现的媒材,将其应用到新的艺术领域探索中,于是在装置艺术、观念艺术、行为艺术甚至数码新媒体影像艺术等领域中出现了"水墨"的身影。 艺术批评界将这些新探索称为水墨装置、观念水墨、水墨行为艺术、水墨影像艺术等。 当然这种命名方式也只有在中国才会出现,因为水墨艺术作为中国的本土艺术形式对于许多人来说有一种

难以割舍的文化情结。 但无论如何，实验水墨的这一转化再一次验证了其"传统中的前卫"这一形象。 不断探索新领域，而这一转化是以牺牲水墨艺术的传统固有优势及特点为代价而演进的。 一千多年来，"水墨"材质一直是用来绘画和书写的，中国人掌握了这种材质的优势及特点，并形成了独特的笔墨技法和水墨审美趣味。 而实验水墨的这一转化，冲破了"水墨唯画种论"的思维惯性，将"水墨"这种材质引入到观念、装置、行为甚至数码新媒体影像艺术领域中，冲出了人们印象中的水墨作为画种意义的边界，这实质上就牺牲了水墨艺术的传统固有优势及特点。 而放弃水墨作为画种在历史上所形成的艺术语言方面的优势及特点，将水墨仅仅作为艺术表现的媒材引入到新的艺术领域中。 我认为水墨在架上还有要探讨的问题，诸如中西绘画融合，究竟是风格学还是本体论的融合，尚需要在灵性论里进行整合。

包：您的宗教信仰在您所从事的圣水墨创作过程中扮演了什么角色？

岛子：这是一个艺术与宗教关系的大问题。 简单说，因信而画，荣神益人。 以艺术表达信仰，基督教艺术的当代性旨归，并不是限制在描绘或制作神圣图像，或解经般地阐述福音信息。 更为重要的是，在现实的生存状况和人类共在的心灵世界，见证基督的爱与医治，透过人性的处境所隐含、所反照的真理，帮助人们去感受世界的真实意义。 因真理，得自由，彰显基督的荣美。

附录三：现代绘画向文学的告别——访画家林逸鹏

　　中国传统绘画虽然强调写意，但对自然形的依赖并没有完全放弃过，即使"逸笔草草"的倪云林也是如此。 进入近现代，由于受西方现代艺术的影响，五四以来，一些画家如林风眠、赵无极等提倡绘画形式具有独立于表现内容而传达情感的能力，他们开始了在绘画实践方面突破模拟真实形象的依附性。 美术评论家李小山认为，现代美术中"林风眠（以及徐悲鸿）的实践已经不是他个人艺术趣味的体现，而是标志着一个绘画体系的没落，以及另一个绘画体系的历史性亮相。"在中国现当代美术史上，确实存在着现代绘画在题材、构图、造型、光线、笔法、情调和境界等各方面对传统绘画因素弱化的趋势，现代绘画也存在一股潮流，即它逐渐走向形式自身独立而不像传统绘画过于依附文学性的自然物象、场景和情节。 在此情况下，笔者采访了在理论和绘画实践方面都颇有造诣的现代型中国画画家南京师范大学美术学院林逸鹏教授。 以下是采访实录（笔者简称包，林逸鹏简称林）。 文中的图采自林逸鹏作品。

　　包：现代绘画为什么会出现摆脱文学性而走向绘画性？

　　林：从大的方面看，这是所有文明学科的基本现象。 如传统的生物学、植物学、物理学都产生了现代生物学、植物学、物理学……它们进入了一个新的研究领域，寻找新的突破。 对绘画艺术而言，现代绘画同样意味着进入了一个新的创造领域，不再注重于文学性的表达，更关注于绘画自身形态的建设，使绘画更走向绘画。 这也是专业内在规律的需求，这种专业内在需求是在文明整体进步后，它才可能会展示出来，否则它是不可能发生的。 绘画最后会以绘画本质的形象呈现出来，这是它必然的趋势。 对西方艺术而言，从印象派过后已经开始走出来，而且取得了巨大的成果，产生了马蒂斯、毕加索、蒙德里安、米罗等等。 对中国来讲，不依附于文学性的绘画的发展还是迟到的，既然这是个规律性的东西，中国的艺术需要按照艺术规律去发展，必然也要经历摆脱文学性走向绘画性这么一个阶段。（见图1）

图1 《荷塘系列(一)》 林逸鹏 纸本水墨 69×69 cm 2010

但所不同的是我们的艺术在经历这个阶段的同时，应该有我们文化的个性色彩，而不能简单重复西方的过程，如果简单地重复我们就不能称之为发展，只能称之为重复或临摹。 若简单地走他们的道路,本质上是文化断裂,那是不应该发生的,但若没有这种影响也是不可能的。 走摆脱文学性的绘画道路是我们必须要经历的一个阶段,但我们要预防或提醒自己不能简单重复西方艺术走过来的路程,能接受影响但不能模仿,必须保持自己的面貌和姿态进行变革。

包:作为现代型中国画画家,是否意味着在创作过程中少一些具象的题材或画作本身呈现出来的视觉式样越抽象就越接近绘画性本身?

林:作为一个画家来解释,我对这种观点有不同看法,因为现代绘画虽然越来越走向专门化,但它这种专门的本身不是体现在什么题材、一种手法或形式上,而是体现在对绘画本体深度上的挖掘,所以中国画的发展应该强调中国画艺术本身的价值,而不要介意你画的什么题材,题材已经失去了传统绘画中普遍和象征的意义。 什么时候题材才有价值呢? 这个题材能够准确传递你个体的情感或是你内心的追求,或能展示你艺术语言的时候,这个题材是有价值的。绘画艺术就是一个图像的竞赛,这个竞赛要借助一种图像突显出来,画家必须要有一个依靠的点来展示他的东西,这个点也许就是题材。 一个题材对于一个现代的画家来说只有能表达他个体的艺术价值、判断以及他的风格的时候,这个题材才称之为题材,否则这个题材仅仅是文学意义上的题材,就是讲故事给别人听,不含有艺术价值。

对于绘画中抽象表现的选择,这是由艺术的多元性来考量的。从最深层次的本质来讲,艺术的多元性体现出艺术的最终价值追求是一种自由精神,一旦艺术限定在某种形式,它就违背了艺术最本质的精神追求,所以在艺术形式的选择上来说它永远是没有边际的,它的边际是每个艺术家内心尺度的边际。 而没有一个固定的边际限制你要怎样表现。 在这点上,甚至连时代的制约都无法起作用。 故抽象与否不能决定是否接近绘画性本身。

包:若两个画家在他们的画作中都表现了形象,一个称之为现代型画家，一个称之为古典型画家，那么都在画作中表现了具体形象的两个画家，为什么一个可以称之为现代型画家，另一个却说是古典型的？

林：作为现代的艺术家常常是抽象的语言作为其标志，但在其画作中有具象的形象时往往会被误解成古典型画家。其实并不是这样，任何语言及外在的形态（包括抽象和形象）都是一个画家所运用的词汇。你选择哪一种词汇是无所谓的，比如说达利的画，个别形体的真实描绘甚至都超越了古典型绘画，但他确实是最典型的现代型画家。一个内心古典或陈旧的画家是永远不可能有现代语言的，若一个内心深处是现代的画家不管用什么语言他所展现的画面都是现代的。

包：这个问题我再继续问，都是再现，现代艺术再现和古典艺术再现有什么不同？现代型画家绘画中有时很具象，但这种具象与传统的古典型画家再现出来的形象究竟有什么不同？

林：这种不同，本质上是现代画家和古典作家内心追求的目标不一样。选择语言的权利是属于艺术家个体的，谁都没有理由限制。现代型艺术家可以用很写实的方法来再现，但他处理的手法一定会区别于传统的手法。凡是有这种具象形态出现的现代型的作品，画家会肯定在画面中做一些特殊的处理。画面里一定会有破坏常规的、传统的表达方式，他不可能完全照搬传统。现代型画家要打破传统的表达方式，就是为了不让观者的思绪回到原有的传统之中，他在这个打破的过程中体现他要想表现的东西，而这个要表现的东西应该是我们现代人所要关注的东西。因为绘画是一种图像语言，一旦手法及画面中其他元素与古典一样，观众自然被古典语言这个有意味的形式中隐含的精神、情绪所吸引，也就无法实现现代解读。所以，现代艺术中的具象因为作者的特殊处理所呈现出来的含义与古典艺术中的具象是完全不一样的。（见图 2）这种现象在以达利为代表的超现实主义作品中体现得尤为明显。

图2 《傣寨(十二)》 林逸鹏 纸本水墨 40×48 cm 2010

包:为什么现代型艺术家要打破这个传统思维,而加入一些不可理解的物体或情景在里面?

林:这是个比较棘手的问题。我认为这里面体现了两点,首先,我们人类所生存的规则是我们的文明系统制定下来的,实际上这套文明系统之外还有些东西是艺术家需要探索的地方。艺术家在常规系统以外能感悟一些东西,所以他打破了常规的思维。其次,世界本身的多元性、神秘性及人类创造的天性,使艺术家打破这种原有的规则拥有了理论根据;现代艺术强调探索世界本身的内在品质,为艺术家最大自由的创造提供了理论根据。从这两个方面来看,也许更贴近世界的真相。

包：中国画的画面构成，我们可以把它分为图像语言、图像形象、图像主题层面，而作为现代型的画家是否会更注重于图像语言层和图像形象层？

林：传统绘画发展成一个比较完整的图像程式，从中国的绘画史来看，这个程式完成在最没落的清代四王身上，他们的每一笔每一划都是有根有据，这是一个传承关系，体现了中国传统的绘画笔墨程式与自然万物的关系，这种关系主要建立在经验层面和常识层面，没有上升到一个抽象的统一的而具有普世的层面。但体现的方式不是符号而是程式。程式与符号是有距离的，程式是有形象的，符号是抽象的，这两者的不同和跨越是极其本质和艰难的，虽然是一步之遥。这个程式应该属于图像形象层面。

图像语言、图像形象、图像主题这三个概念包含了所有绘画的基本关系，图像语言应该更接近一个画家的风格，图像形象则是技巧层面多一点。图像主题就是画家要画什么，表达什么？这三个要素在古典绘画方面是很清晰地表现在绘画作品之中的。如范宽的作品体现出厚重的笔墨风格、概括而凝练的线条、苍茫的北方山水情调。若用这三个概念对现代画家进行衡量，则有所转换，现代画家更看重图像语言的创造，即个体价值的凸显。因为现代文明的性质是尊重个体价值，尊重个体情感的表达，也就是尊重人，尊重人在这个社会上的意义。当然，仅仅以画家有单方面创造来衡量是不够的，因为没办法确定你个体创造的价值所在，对一个现代艺术家的考量是极其残酷的，我们需要他创造出对这个时代的人类有意义的艺术价值，这是考量一个艺术家作品的重要尺度。这个尺度主要体现在图像语言的创造性上面。图像形象的实现是反应一个艺术家的基本能力，这对一个真正的艺术家而言是没有问题的。图像主题对现代艺术家而言已经不再是传统中的含义，而是融化在图像语言中同时展示出来。

包：最后一问题，当代艺术家做出的艺术尝试，我们怎样区分他们的创造性和随意性?

　　林: 这两者其实不矛盾, 第一, 创造性往往在随意中产生, 创造性中包含着随意性, 我说的随意性是创作时的方法和状态。 我如果没有理解错的话, 你说的随意性大概指创作时没有深度、仅仅是玩玩而已的, 这是随便, 不是随意, 因为其中没有意。 第二, 衡量一个艺术家是严肃真诚地在创造, 还是哗众取宠、投机取巧、玩玩而已, 要看出其中的区别, 需要有一定的水准才能看出这其中的门道, 这需要我们在艺术史方面的认识和鉴别的实践中不断积累。 但其中一些基本要素是不变的。 如: 画家的作品符不符合文明的进程, 及他的创造性是不是具有独创性? 不具备这些本质要素, 任何创作态度都没有价值。

附录四：新画意与新诗情——访画家沈勤

　　画家沈勤是近年来在传统绘画向现代绘画转型过程中比较成功的画家。　他的画有传统的韵味和格调，但又有现代人的视觉空间和心性体验。　笔者就他绘画中的几个问题采访了他。　以下是采访实录（笔者简称包，沈勤简称沈）。　文中的图采自沈勤作品。

　　包：沈老师，您的画面给人很亲切的感觉，这亲切不仅因为你的绘画语言是用传统水墨的，你使用的物象也接近传统水墨画中的亭、台、园林、荷花、山林等，但在心理上却感觉很难接近你的画面（见图1）。　这很难接近你的画面，一方面是因为很难把你的画归于

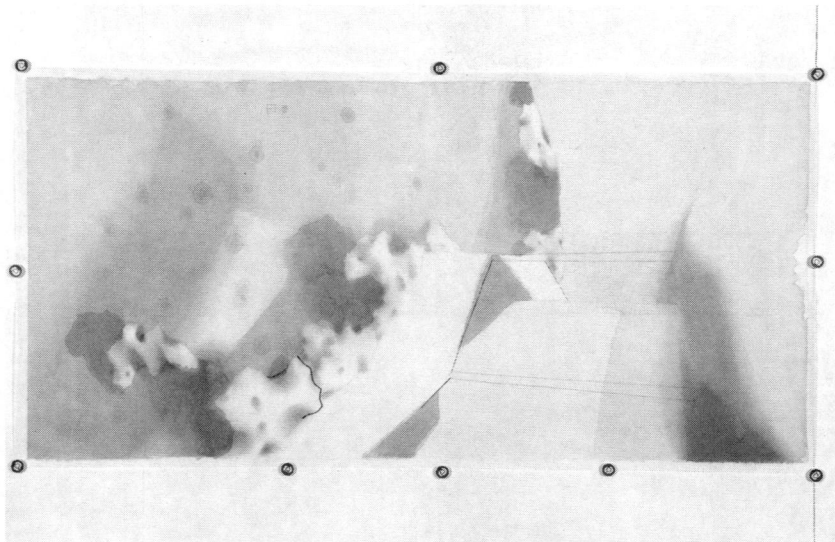

图1 《园·曲廊（二）》　沈勤　纸本

某一熟悉的传统画类，另一方面也是因为你画面所构造的视觉空间既不是现实空间，也不是传统山水画，如郭熙在《林泉高致》中所提出的"可行可望、可居可游"、可以隐逸安息的空间，更像是你独自制造出来的一种孤寂梦呓的空间，画中的物象好像独自在呢喃？ 您是怎么理解您画面给人既亲切又陌生之感的？

沈：亲切的少，陌生的多。 反之亦然，熙熙攘攘人群中，我更感到陌生的多，相通的少。 我只想在庙会、二人转的闹市中闭紧自己的眼睛，向内心转，走进我的空间。

包、传统文人画有以简为贵、以淡为宗的美学取向，您的画也是以简、淡为取向，它们之间有什么不同？

沈：不同在画面上的空间关系处理。 比如，平面与立体之间的空间转换。 画不是画得越多越好。 买画的人觉得你画的时间长，值！ 其实画画背后的那种修炼他根本看不到（见图2）。

图2 《水田·水杉》 沈勤 86 cm×64 cm 纸本

包：在传统山水画现代转型过程中您感觉您在绘画语言方面做了哪些突破（比如线条与物象的形体之间的关系，光的引进，灰色的基调和晕染的使用等）？

沈：你说的都对，所有的这些绘画元素，都是为了画面上的空间关系的处理手法（见图3）。比如园林系列画中的线条，它与塑造形体无关（传统绘画中的线条是描绘各种物体关系的，如一个人、一只狗、一块石头），它只在空间关系上成立。

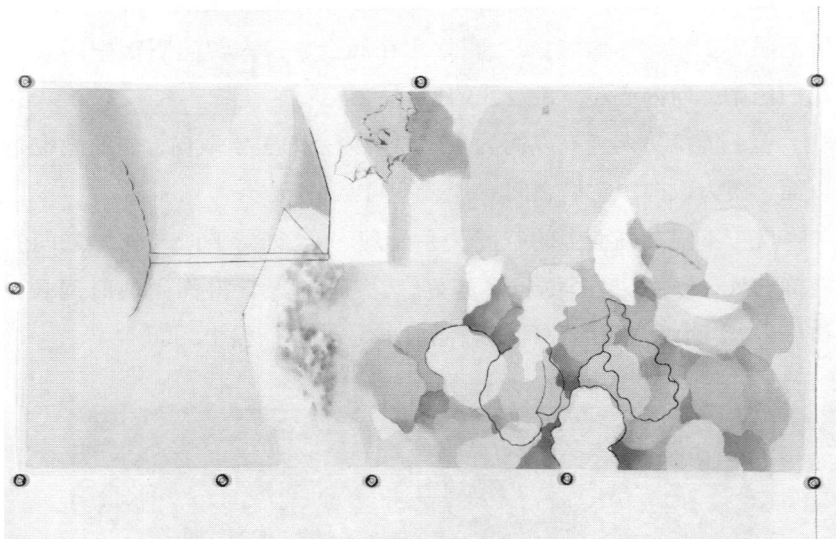

图3 《园·夏荷》 沈勤 纸本

包：您认为西方艺术对您的绘画有什么方面的影响？

沈：西方现代主义的绘画对我绘画有影响，比如超现实主义，因为它既有形象，又是被处理过的。以及西方现代的人本思想。

包：从您自己的角度来说，您想在画面中表达什么？而画面中传递出来的感觉和意味是否跟您所生活的环境和您的某种心态有关？

沈：近十年来，我的创作有两个大系，一个是田系列，另一个是园系列，田园可能和每一个做梦的人，特别是我有关。画画就是做梦，梦怎么能由别人教你怎么做？我画的田园是献给过去的挽歌（见图4）。

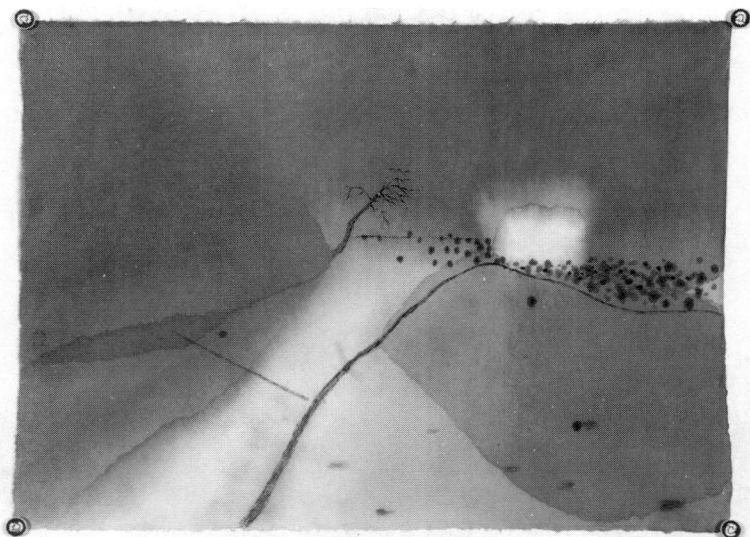

图4 《水田—好像南宋(二)》 沈勤 86 cm×64 cm 纸本

包：在一些文章中，您认为传统文人画在画上题诗不太合适，应保持绘画的纯粹性。您认为绘画的纯粹性是指什么？如果绘画的纯粹性仅仅指不依附外在（比如书法和诗歌）而专指绘画本身的视觉空间，那么为什么印象派之后的西方现代艺术（如西方的抽象表现主义和立体主义）却走向了淡化绘画的视觉空间的倾向？

沈：你这里说的空间，是古典主义绘画中的现实空间。现代主义的空间，更是在心理的、视觉的、科学逻辑上的空间，这些空间全面强化了绘画的空间。但最关键的问题在于，传统文人画的小趣味化只对人的低端联想发生作用（这还是好一些的画），就如东北的二人转产生的效果一样。传统逸笔草草的画法，极端地说般配的是无脑的民族，现在模仿传统山水画法的那些垃圾山寨版就是最好的注脚。

图书在版编目(CIP)数据

欧游心影 / 包兆会著. —南京:南京大学出版社,
2016.2

(谷风学者随笔丛刊)

ISBN 978 - 7 - 305 - 16531 - 3

Ⅰ. ①欧⋯   Ⅱ. ①包⋯   Ⅲ. ①随笔-作品集-中国-
当代   Ⅳ. ①I267.1

中国版本图书馆 CIP 数据核字(2016)第 037083 号

出版发行   南京大学出版社
社　　址   南京市汉口路 22 号　　　　邮　编 210093
出 版 人   金鑫荣
丛 书 名   谷风学者随笔丛刊
书　　名   **欧游心影**
著　　者   包兆会
责任编辑   胡　豪　　　　　　　　　编辑热线　025 - 83594071
照　　排   南京紫藤制版印务中心
印　　刷   江苏凤凰通达印刷有限公司
开　　本   635×965　1/16　印张 17.25　字数 230 千
版　　次   2016 年 2 月第 1 版　2016 年 2 月第 1 次印刷
ISBN　978 - 7 - 305 - 16531 - 3
定　　价   43.00 元

网　　址   http://www.njupco.com
官方微博   http://weibo.com/njupco
官方微信   njupress
销售咨询   025 - 83594756